어느 날
엄마가 되었다

어느 날
엄마가 되었다

하은엄마
지음

초보 엄마가
들려주는
공감 육아 에세이

"아기는 예쁘지만 육아가 마냥 행복하지만은 않은
엄마들에게 최선을 다해 버텨 내는 것만으로도
값진 시간을 보내고 있다고 말하고 싶습니다."

바른북스

프롤로그:

독자분들께 드리는 글 · 11

1. 준비되지 않은 만남

아니, 잠깐만? · 21

임신, 축복과 격려가 필요한 과정 · 30

출산 준비가 뜻하는 것 · 40

예비 엄마를 괴롭힌 바이러스 · 49

2. 감당하기 힘든 아픔,
   그럼에도 '엄마'라는 이름으로 버텨 낸다는 것

너를 처음 만난 날 · 65

듣고 싶지 않았던 소식 · 75

롤러코스터와 같은 나날 · 87

천국인데 천국이 아닌 · 96

3. 변화하는 일상에 적응하기

누군가의 보호자가 되는 것에 대하여 ・ 113

시간에 대하여 ・ 124

일에 대하여 ・ 141

4. 관계에 대한 생각의 변화들

부모님에 관하여 ・ 159
나는 더 이상 누군가의 딸만이 아니라는 것을 받아들이기

배우자에 관하여 ・ 169
서로를 신뢰하며 변화하고 성장하는 과정을 인내하기

딸아이에 관하여 ・ 182
'내게 잠시 맡겨 주신 축복'임을 되새기기

에필로그:
마음을 담아 서로에게 보내는 편지 · *197*

· 딸이 부모님께

· 아빠가 딸에게

· 며느리가 시부모님께

· 시아버지가 며느리에게

· 아내가 남편에게

· 남편이 아내에게

· 엄마가 딸에게

· 외할머니가 손녀에게

· 친할머니가 손녀에게

목사님의 하은이 축복기도 · *254*

프롤로그:

독자분들께
드리는 글

저는 아직 '하은이 엄마'보다 제 이름 석 자가 더 익숙한 초보 엄마입니다. 하은이를 낳고 지난 수개월 동안 딸, 아내, 연구원으로서의 삶에서 잠시 멀어져 '하은이 엄마'가 되어 가는 과정을 치열하게 겪었습니다. 그 시간 동안 말할 수 없는 기쁨과 행복도 있었지만 제가 예상했던 것보다 더 큰 아픔과 쓸쓸함, 초라함이 찾아오기도 했습니다. 제 삶의 중심을 점점 아기에게 내준다는 생각에 울적하기도 하고, 새로운 일상에 어떻게 적응해야 할지를 두고 우왕좌왕하며 갈등할 때도 많았습니다. 어쩌면 저는 '하은이 엄마'라는 낯설고 어색한 호칭보다 제 이름 석 자를 강력히 붙잡고 싶었나 봅니다. 엄마가 된다고 해서 제 이름을 누군가에게 빼앗기는 것도 아닌데 말입니다.

육아를 하며 느꼈던 우울함은 '내 삶이 정체되어 있다'는 생각에서 비롯되었던 것 같습니다. 수년간 쌓았던 경력 및 관계의 단절과(그 단절이 어느 정도 자발적이었음에도 불구하고) 아기를 챙기고 돌보느라 쳇바퀴처럼 굴러가는 일상이 늘 부지런하게 사람들을 만나고 공부하고 일하며 살았던 저에게는 솔직히 부담스럽고 답답했습니다. 매일 들이닥치는 육아의 과업들을 하나둘씩 처리하다 보면 어느새 하루가 저물어 있었고 (임신 전의 제 기준에서) 의미 있는 결과물을 만들어 내지 못하는 하루하루를 사는 것 같아 마음이 조급했습니다.

사실 이 책을 쓴 계기도 정체감과 우울함을 벗어나서 아이에게 향해 있는 시선을 잠시 나에게로 돌리고 싶었기 때문이었습니다. 그런데 책을 쓰면서 알았습니다. 출산 후 내 삶이 결코 정체되어 있지 않았고, 나름의 성장을 했다는 것을요. 다른 사람들이 보기에 빛나고 멋진 사

어느 날 엄마가 되었다

람이 되거나 무언가 거창한 것을 이뤄 냈다는 의미는 아닙니다. 다만 다른 아기들에 비해 약하게 태어난 아기를 둔 부모의 마음, 아이에게 최선을 다해 최상의 것을 주고 싶은 엄마의 마음, 나를 이 세상에서 가장 많이 사랑하시면서도 때로는 일상이 버거워 무심한 표정을 지으셨던 30여 년 전 우리 부모님의 마음을 조금 더 이해할 수 있게 되었습니다. 또한 내가 예민하고 심약하기에 내 마음을 돌볼 줄 알아야 한다는 것, 아픔을 나누는 것은 창피한 일이 아니기에 힘들 때 누군가에게 손을 내밀고 눈물을 보여도 된다는 것, 그리고 생명은 소중하고 그 주권은 내 노력과 지식, 경험에 달린 게 아닌 오직 하나님께 속해 있다는 것을 깨달았습니다.

여러분은 '엄마'라는 단어를 들으면 무엇이 생각나시나요? 저는 제일 먼저 강인함이 떠오릅니다. 마음과 몸이 모두 연약한 나와는 너무나 다른, 넘어지고 또 넘어지는 나를 일으켜 세우시며 다독이시는 엄마의 모습이 그려져요. 늘 해결책과 정답을 알고 계시는 엄마, 그래서 내가 모든 것을 여쭈고 상의드리는 존재. 그런데 엄마에게도 지금의 나처럼 마음이 여리고 삶이 벅차게 느껴지는 시기가 있으셨을 겁니다. 그리고 지나 버린 긴 세월에 제가 알지 못하는 많은 일을 겪으시며 더 강하고 담대해지셨겠지요. 제가 하루아침에 엄마처럼 되는 건 어쩌면 당연히 불가능한 일일 거예요. 그래서 저는 이 책을 쓰면서 고민이 많은 엄마라는 이유로 더 이상 자책하지 않기로 마음먹었습니다. 저는 느리지만 조금씩 성장하고 있고 이 시간은 하나님께서 주관하시는 삶의 과정 안에 있다는 것을 알기 때문입니다.

무수히 많은 육아 전문 서적과 온라인 콘텐츠가 범람하고, 똑소리 나는 엄마들의 육아 정보가 넘쳐나는 시대에 처음 육아를 하며 무력함을 느끼는 초보 엄마들, 아기는 예쁘지만 육아가 마냥 행복하지만은 않은 엄마들에게 최선을 다해 버텨 내는 것만으로도 값진 시간을 보내고 있다고 말하고 싶습니다. 그렇게 하루하루를 보내면서 나 자신의 한계에 대해 더 알게 되고, 결코 이해하지 못할 것 같았던 사람들을 이해하게 되고, 다른 사람들의 아픔을 그냥 지나치지 않게 되고, 내 아이를 비롯하여

어느 날 엄마가 되었다

도움이 필요한 누군가에게 손을 내밀 수 있는 마음의 여유가 생길 거라 생각합니다. 설명이 길었지만, 결국은 나 자신을 사랑하고 다른 사람을 사랑하는 법을 배워 가는 과정에 있는 것이겠지요.

앞으로 하은이를 기르면서 무수히 많은 실수를 하고 당혹스러운 순간들을 맞닥뜨리겠지만, 그때마다 이 책을 펴 보면서 되새기고 싶습니다. 매번 처음 엄마가 된 그 순간처럼 서툴러도 괜찮다고, 그런 낯선 순간은 영원하지 않고 흘러간다고, 그리고 아이와 나 모두 그런 시간 속에서 성장하고 있다고. 그리고 이 책을 보시는 여러분께도 그런 위로가 닿을 수 있었으면 좋겠습니다.

부족한 딸을 다그치지 않으시고 오래 인내하시며 기다려 주시는 하나님, 늘 한없는 사랑을 베풀어 주시며 저를 격려해 주시는 양가 부모님, 친가족처럼 늘 마음과 정성을 다해 하은이를 돌보아 주시는 이모님께 감사의 말씀을 올립니다. 하은이가 태어나고 아팠을 때 저희 부부를 위로해 주시고 함께 하은이의 회복과 성장을 기뻐해 주신 하은이 고모 가족분들과 저의 친가와 외가 친척분들께도 감사하다고 꼭 말씀드리고 싶습니다. 엄마로서 모든 게 처음이라 힘들고 어렵다며 고민을 털어놓을 때마다 공감해 주고 마음을 다잡을 힘을 준 제 친구들과 지인들에게도 정말 고맙습니다. 하은이가 건강히 자라는 데 큰 도움을 주신 의료진분들과 조리원 선생님들께도 감사의 마음을 전합니다. 또한 저의 글이 한 권의 책으로 출판될 수 있도록 함께 작업해 주신 바른북스 관계자분들의 노고에 감사드립니다. 끝으로 이 책이 나오기까지 진심으로 응원해 준 남편과 여러모로 부족하고 서툰 저를 엄마가 되게 해 준 우리 하은이에게 사랑하고 고맙다는 말을 남깁니다.

2023년 새해 첫 달에 하은엄마 드림.

어느 날 엄마가 되었다

1.

준비되지 않은
만남

아니,
잠깐만?

2021년의 덥고 습한, 전형적인 한국의 여름날이었다. 결혼한 지 2개월이 막 지난 어느 날 아침, 나는 일어나자마자 무언가에 홀린 듯이 임신테스트기를 꺼내 봐야겠다는 생각이 들었다. 별생각 없이 테스트 결과를 기다렸는데… 얼마 지나지 않아 전혀 예상하지 못한 두 줄이 지극히도 선명히 보이는 것이 아닌가. 그 자리에서 난 얼어버렸다. 정신을 차리고 제일 먼저 한 일은 곤히 자는 남편을 거칠게 흔들어 깨워 어쩔 줄 모르는 아이처럼 동그랗게 눈을 뜨고 소리친 것이었다. "오빠, 나 두 줄 떴어!"

"어?!" 남편도 당황한 기색이 역력했다. 일단 침착하게 세수를 하고, 옷을 갈아입고, 우리의 마음처럼 한없이 들떠 있는 머리를 최선을 다해 가라앉혔다. 꼬박꼬박 챙겨 먹던 아침밥도 우리는 약속이라도 한 것처럼 건너뛰었고, 각자 회사에 사정을 말하고 나서 부리나케 집 근처 병원으로 향했다. 병원으로 향하는 차 안은 만감이 교차하는 침묵이 흘렀다. 접수를 마치고 대기 장소에서 기다리는 동안 남편은 한 손으로는 내 손을 꼭 잡고 다른 손으로는 휴대폰을 들고 열심히 새로고침을 누르며 그 당시만 해도 경쟁이 치열했던 코로나19 잔여백신을 확보하려고 노력했다.

진료 차례를 기다리는 동안 머릿속으로 수만 가지 생각이 스쳐 지나갔다. 우선 코로나19 유행 시기에 임신 기간을 보내야 하는 것이 너무 걱정되었다. 당시에는 확진자 수가 하루 수만 명은 아니었지만, 직장에서, 동네 카페에서, 집 근처 식당에서 확진자가 발생했다는 소식이 들리면 매우 조심하던 시기였다. 또한 우리는 전국에서 출산율이 높은 도시 중 하나에 살고 있어서 어린이집에 다니는 아이들→부모→직장의 경로로 바이러스가 삽시간

어느 날 엄마가 되었다

에 전염될 위험이 있었다. 연애와 결혼도 코로나19와 함께했는데, 임신과 출산, 그리고 육아까지 코로나19와 함께하겠구나 싶어 난감했다. '임신 중에 열이 나면 태아에게 치명적이라는 말을 얼핏 들었던 것 같은데 그럼 난 이제 외부 활동을 아예 접고 집에만 있어야 하는 건가? 나는 그렇다 쳐도 남편은 직장을 다니고 사회활동을 해야 할 텐데 그럼 출산 때까지 남편과 각방을 써야 하나? 집에서도 마스크를 써야 하나? 임신 기간 중에 서울에 있는 가족들은 만날 수 있을까?' 골치 아프고 답이 없는 질문의 연속이었다.

다음으로는 복용했던 약과 무심코 마셨던 술에 대한 걱정이었다. 임신 사실을 알기 전에 몸에 이상 증상이 있어서 진통제 한 알을 먹고, 나흘 정도 병원에서 처방받은 약을 복용한 사실이 문득 기억났다. 다행히도 진료 당시 임신 가능성을 알리고 비교적 안전한 약을 처방받았지만 임신부 입장에서 불안함이 완전히 가신 건 아니었다.*

* 나중에 검색을 통해 임신·수유 중 약물 복용에 대해 전화로 상담할 수 있는 곳을 알게 되었다. 복용한 약물의 이름과 복용 당시의 임신 주 수를 상담원분께 말씀드리니 다행히 태아의 건강에는 지장이 없을 것으로 안내받아서 한시름 놓았다.

그리고 주말마다 남편과 함께하는 새로운 취미를 만든 답시고 와인을 한 잔씩 마셨는데 배 속에 아기가 들어서고 나서 술을 마셨는지가 정확히 기억나질 않았다. 엉망진창이 되어 버린 기분이었다. 임신은 반드시 철저히 계획해서 할 것을 다짐하고 또 다짐했건만. "인생에서 큐시트대로 되는 일은 그리 많지 않다"던 엄마(전직 PD)의 말씀이 떠올랐다.

일에 대한 걱정도 쌓였다. 일단 일을 계속해야 할지 말아야 할지에 대한 고민이 앞섰다. 임신 사실을 처음 알았을 당시 나는 어느 대학에서 연수연구원(흔히 말하는 "포닥")으로 일하고 있었는데 관심 분야에 대해 전문성도 기르고 관계자들도 두루 만날 수 있었지만 집에서 직장까지 왕복 3시간 거리였고, 무엇보다 임신한 몸으로 많은 일을 내 기준에서 '잘' 감당할 수 있을지가 의문이었다. 그렇지 않아도 피곤하리만치 꼼꼼한 성격이라 일을 대충 하는 걸 너무 싫어하는데(완벽을 추구하지만 그렇다고 매번 일을 완벽히 해내지는 못했다) 차라리 쉬면 쉬었지 임신을 했다는 핑계로 일을 '적당히' 하고 싶은 생각

어느 날 엄마가 되었다

은 추호도 없었다. 그런데 자타공인 저질 체력인 내가 임신한 몸으로 과연 일을 잘해 낼 수 있을지가 의문이었다. 그리고 당시에 내가 핵심 멤버로 참여하고 있는 프로젝트들은 어찌해야 할지 감이 안 잡혔다. '그 일은 아직 시작도 못 했는데, 저 프로젝트는 조금만 더 진행하면 좋은 결과물이 나올 텐데, 이건 내가 관심이 있어서 꼭 하고 싶은데'의 생각이 줄줄이 소시지처럼 늘어졌다.

다음은 출산과 육아를 어디서 해야 하는지에 대한 고민이었다. 신혼집과 친정집은 차로 2시간 반 거리인데, 친정 부모님(이라고 쓰고 친정 엄마라고 읽는다)의 활동반경이 견고하기 때문에 부모님이 신혼집 쪽으로 움직이실 수 없는 상황이었다. '그렇다면 내가 친정에 가야 할 텐데 임신 막달에 바리바리 짐을 챙겨서 가야 하나? 짐은 무엇을, 얼마나 챙겨야 하는 거지? 분만병원은 서울에 있는 병원으로 알아봐야 하는 건가? 엄마와 아빠도 힘드실 텐데 출산 후에 얼마나 친정에 머무를 수 있을까? 아기 침대며 옷이며 출산용품을 일단 모조리 친정집에 세팅해 놔야 하는 건가? 남편은 오랫동안 혼자 지내야 할 텐데 괜찮을까?'

그렇지 않아도 달리는 차 안에서부터 여러 생각을 하느라 멀미가 날 지경이었는데 생각이 멈추질 않다 보니 병원 대기실에 앉아 있는데 머리가 핑핑 도는 것 같았다. 그런데 문득 그런 내가 참 웃기고 한심했다. 나는(적어도 내 잠재의식은) 분명히 언젠가, 그리고 빠른 시일 내에 이 상황에 맞닥뜨릴 줄 알고 있었다. 우리 부부는 연애 시절에도 자녀 계획에 대해 이야기를 나누었고, 둘 다 딩크족이 될 생각은 전혀 없었으며, 적지 않은 나이에 결혼했기 때문에 임신을 마냥 미룰 수도 없었다. 심지어 내가 진료를 기다리고 있었던 바로 그 병원에서 한 달 전에 산전 검사도 마쳤었다. 또한 몇 주 전 남편과 외식을 했을 때 둘 다 코로나19 백신을 맞기 전에 아이를 갖자고 합의도 마친 상황이었다.* 그런데 어이없게도 나는 임신과 출산이 불러올 여러 복잡한 변화를 종합적으로 생각하지 못한 것이다. 보다 그럴듯한 핑계를 대자면 하루에도 쉴 새 없이 들이닥치는 일과 왕복 3시간의 통근으로 인해 떠밀

---

* 여기에 각주를 다는 이유는 이 발언이 논란을 야기할 수 있음을 충분히 알고 있기 때문이다. 다만 코로나19 백신의 특수성을 생각해 보면, 그리고 백신이 승인되고 출시될 당시의 여론을 고려해 보면 터무니없는 결정도 아니었다고 생각한다. 물론 임신 전에 백신을 맞고 출산하거나, 임신 중에 백신을 접종한 다른 사람들의 의견도 존중한다.

리듯 보내는 일상과 결혼이라는 새로운 세계로의 적응
에 치여 임신과 출산에 대해 종합적으로 생각하는 건 뒷
전으로 미뤄 놨었다.

　당장 답을 내릴 수 없는 여러 걱정거리를 최선을 다해
늘어놓고는 '왜 임신을 마냥 기뻐하지 못할까'라는 자책
을 했다. 새로운 생명이 기적같이 내 배 속에서 자라고 있
는데 환희와 감격은 제쳐두고 닥친 문제와 그에 대한 해
결책과 포기해야 할 것들에 대해서만 생각하고 있었다.
그 순간 대기실에 앉아 있는 임신부로 추정되는 다른 사
람들의 얼굴을 찬찬히 살펴보기 시작했다. 그런데 놀랍
게도 그들의 표정도 그리 밝아 보이지 않았다. 병원에 오
기에는 아직 이른 시간이어서였는지, 아니면 혼란스러운
내 마음 때문에 그렇게 보였는지 몰라도 하나같이 피곤
한 얼굴로 휴대폰을 들여다보거나 무표정으로 어딘가를
응시하고 있었다. 그들도 나와 같은 고민을 했을까? 드라
마에서 보면 임신 사실을 안 순간 하나같이 부둥켜안고
눈물 흘리며 기뻐하기만 하던데. SNS에 초음파 사진을
올려놓고 넘치도록 행복해하며 모두의 축복을 바라던데.

갑자기 유학 시절 지도교수셨던 R 교수님이 떠올랐다. R 교수님은 수년 동안 강의를 하셨지만 늘 사명감을 갖고 최선을 다해 수업을 준비하셨고 여러 프로젝트를 훌륭한 리더십과 추진력으로 진행하시며 학계에서 주목하는 내용의 논문과 책을 집필하셨다. 그런데 내가 가장 인상 깊었던 것은 그분의 놀랄 만한 학문적 업적보다 그렇게 바쁘신 중에도 늘 가족을 최우선에 두며 사신다는 점이었다. 학교가 그분의 달란트를 십분 발휘할 수 있는 연구와 강의의 공간을 제공하는 열정의 놀이터라면, 가정은 많은 시련과 어려움에도 불구하고 그분이 아낌없이 사랑을 쏟아붓고 돌보는 애정의 집합체였다. 교수님은 사모님과 일찍이 사별하시고 본인도 암으로 죽음의 문턱까지 다녀오셨었다. 그것이 삶의 우선순위를 결정하신 계기가 되었을까? 교수님은 재혼 후 일에만 파묻혀 지내지 않으시고 사모님과 다섯 자녀와 함께 캠핑을 다니시거나 집에서 파티를 열고 오붓한 시간을 보내시는 것을 절대 미루지 않으셨고, 매년 말에 가족과 1년 동안 함께 만든 추억을 A4용지 한두 장 분량에 사진과 함께 정리하셔서 가까운 지인들에게 이메일로 보내셨다. 일주일에 한 번 있는 나와의 면담 시간에도 그분은 가족에 관한 이야기를 서슴없이 하시며 행복한 표정을 감추지 못하셨다.

R 교수님이라면 새 생명의 축복을 누리지 못하고 걱정만 앞서는 나에게 무슨 말씀을 하셨을까? 아마 도무지 이해하실 수 없다는 표정으로 "그래서 너 정말 이런 기적 같은 일을 두고도 행복하지 않은 거야? 도대체 뭐가 그리 걱정인데?"라고 말씀하셨겠지. "힘들겠지만 즐거운 모험이 네 앞에 펼쳐질 거야. 아이는 네 인생 최대의 기쁨이 될 거야"라는 말씀과 함께.

"○○○님, 진료실로 들어오세요"
나는 과연 이 모험을 시작할 준비가 되어 있을까?

임신, 축복과 격려가
필요한 과정

피검사 결과는 신속히 나왔다. 예상대로 임신이었다. 집에서 테스트기를 확인한 순간부터 임신했을 거라고 생각했지만 막상 결과 통보 문자메시지를 보고 나니 잠시 머리가 멍해졌다. 형용할 수 없는 마음을 가다듬고 임신 소식을 먼저 남편과 양가 부모님께 알렸고, 친척분들과 친구들에게는 안정기인 서너 달 후에 알려야겠다고 마음먹었다. 그리고 이례적인 팬데믹 시기에 부디 건강하게만 태어나 달라는 뜻에서 '건강이'로 태명을 지었다.

남편은 검사 결과가 나온 날 알록달록 예쁜 꽃들로만

어느 날 엄마가 되었다

풍성하게 채워진 꽃다발과 내가 좋아하는 케이크를 사 왔다. 얼떨떨한 나는 어색한 표정으로 남편이 정성스레 사 온 선물과 함께 사진을 찍었다. 지금도 그때 찍은 사진을 보면 웃음을 참을 수가 없다. 마치 예상하지 못한 표창장을 받은 졸업식 날의 아이처럼, 분명 얼굴은 웃고 있는데 어딘지 모르게 부자연스러워 보인다. '아, 정말 내가 이 상을 받는 거야?'라는 표정을 지으며.

곧이어 시부모님이 크고 탐스러운 꽃바구니를 집으로 보내셨다. 태어나서 그렇게 큰 꽃바구니는 처음 받아 보았다. 시부모님은 여러 차례에 걸쳐 전화로, 문자메시지로 축하해 주셨고 나는 과분할 정도로 큰 사랑을 받았다. 친정 부모님의 반응은 (어느 정도 예상은 했지만) 꽤 담백했다. 엄마와 아빠는 약속이라도 하신 것처럼 짧고 굵은 축하 인사를 건네셨다. 양가 분위기의 차이도 있겠지만, 반응의 차이가 무엇 때문이었을지 궁금해졌다. 시부모님은 이미 손주를 보셔서 앞으로의 여정에 얼마나 큰 기쁨이 깃들지 아셔서 그러셨을까? 반면에 친정 부모님은 지방에 살고 있는 딸이 지독한 전염병 유행 시기에 남편과 단둘이 대부분의 임신 기간을 보낼 생각을 하시니 반가움보다는 걱정이 앞서서 그러셨을까? 분명한 것은 양가 부모님 모두 이 소식을 반기셨다는 것이다. 그리고 진심으로 축복해 주셨다.

나는 남편과 양가 부모님의 축하를 받고 나서도 여전히 실감이 나지 않았고, 기쁨보다는 당황스러움을 안고 며칠을 보냈다. 출산과 육아를 둘러싼 불확실한 미래와, 다가올 신체와 일상생활의 변화, 그리고 조정해야 하는 삶의 우선순위가 나의 마음을 무겁게 했다. 이런 나를 두고 어떤 사람들은 복에 겨웠다고 했을 거다. 요즘처럼 아이를 갖고 싶어도 쉽게 갖지 못하는 부부가 많은 시대에 나는 결혼한 지 세 달이 채 지나지 않아 임신한 것인데. 남편은 훗날 다 자란 아이에게 엄마가 널 가진 사실을 알고 나서 기뻐하는 모습 대신 이렇게 근심 가득하고 얼떨떨한 표정을 지었다고 말해 주면 얼마나 섭섭해하겠냐고 농담하기도 했다.

이런 복잡한 감정을 느끼며 깨달은 것은, 임신은 분

어느 날 엄마가 되었다

명 귀하고 소중한 일이지만 예비 엄마 입장에서는 (특히 예상치 못하게 임신한 경우) 당황스러움과 어색함에서 점차 기쁨과 감사함으로 임신을 받아들이는 '감정의 과도기'를 겪을 수 있다는 것이었다. 나 역시도 친구나 지인의 임신 소식을 접하면 "축하해, 정말 잘됐다! 출산 예정일은 언제야? 태몽은 꿨어?" 등의 말을 이어 갔지만, "네 마음은 어때? 요즘 느끼는 삶의 변화는 뭐야? 두렵거나 떨리는 일은 없어?" 등 예비 엄마 본인의 마음 상태는 묻지 않았었다. 내가 임신 경험이 없어서 무심했던 것일 수도 있지만, 위와 같은 질문을 하는 것이 함께 기뻐해야 하는 일에 무례하게 부정적인 감정을 불쑥 끌어들이는 것 같다는 생각이었다.

그런데 나의 임신 기간을 되돌아보니, 임신부에게는 축복과 더불어 응원과 격려도 필요함을 알게 되었다. 임신 기간은 불안과 불편함의 연속이기 때문이다. 몇 주마다 한 번씩 검진이 진행되고 병원 예약일이 다가올수록 나도 모르게 긴장하며 지내게 된다. 입덧에 토하기까지 하고, 속이 메스껍고, 수시로 졸리고, 배가 당기고, 배가 불러오면서 허리가 아프고, 혼자 양말 신는 것조차도 버거워지고, 매끄러웠던 배에 튼살이 하나둘씩 생기면서 임신 전에는 충만했던 생기와 젊음이 서서히 사라짐을 느낀다. 임신 기간 내내 크고 작은 질병으로 고생하기도 하며, 임신 중·후기에 조산의 위험을 겪는 임신부는 매일 누워서 지내거나 조산 방지 수술을 받는 경우도 있다. 맘카페에는 몸이 아파서 낫기 위해 약을 먹었거나 아기를 지키기 위해 어쩔 수 없이 수술했는데도 투여받은 약물로 인해 태아에게 혹여나 해가 갈까 걱정되어 잠 못이루는 예비 엄마들의 고민 글도 종종 올라왔다. 내 친구와 지인 중에도 아무 이벤트 없이 임신 기간을 보낸 사람은 없었다.

　나는 정말 감사하게도 임신 중 입덧은 하지 않았고, 1·2차 기형아 검사와 정밀초음파도 무사히 통과했으며, 유산이나 조산의 징후는 없었지만 몇 가지 신경 쓰이는 일들이 있었다. 임신 전에도 좋지 않았던 체력이 나날이 계속 떨어졌고, 오래 앉아서 일을 했더니 이상 증상이 나타났다. 또한 임신 중기 때 임신성 당뇨에 대한 정보를 접하고 걱정이 생겨서 이후 꾸준히 식이 조절을 하기도 했다(이후 산부인과에서 받은 임신성 당뇨 검사 결과 수치는 가까스로 정상 범위 내에 있었지만 임신성 당뇨가 태아와 임신부에게 어떤 해를 끼칠 수 있는지 잘 알기에 늘 불안해하며 자발적으로 조절했다).

일상 속에서도 긴장의 끈을 놓을 수 없었다. 임신하고 나서 새롭게 안 사실은 생각보다 많은 조미료와 음식에 알코올 성분이 들어 있고, 여러 음식의 조리 과정에 술이 쓰인다는 것이었다. 조미료나 음식에 들어가는 알코올의 양은 대체로 미량이거나 조리 과정에서 상당 부분 증발할 수도 있겠지만, 찝찝한 마음에 조심했다. 임신부의 밀가루 섭취와 아기의 아토피성 피부염 발병 간의 상관관계에 대해서는 검색도 많이 해 보고 주변 친구들에게도 물어봤는데, 의견이 분분하였다. 나는 분식과 패스트푸드 킬러여서 밀가루 음식은 도저히 열 달 동안 완전히 끊을 수 없었고, 일주일에 적어도 서너 끼는 밀가루 음식을 먹었다(먹으면서도 배 속의 아기에게는 왠지 모르게 미안했다).

신경 써야 할 것은 음식뿐만이 아니었다. 임신 초기부터(계획 임신을 하는 이들의 경우에는 그 이전부터) 출산 직후까지 챙겨 먹는 건강기능식품이 한두 가지가 아닌데(엽산, 비타민D, 철분제, 종합영양제, 유산균, 칼슘제, 오메가3 등) 어느 브랜드의 영양제가 믿을 만한지, 필수적인 것들 외에 무엇까지 섭취해야 하는지 선택해야 할 게 많았다. 내 경우, 건강기능식품을 고를 때 카페나 블로그에 올라와 있는 후기 중에는 이벤트 때문에 올린 글이나 홍보성 글이 많아 보여서(비단 건강기능식품뿐만 아니라 조리원, 산부인과, 출산용품 등에 대해서도 마찬가지였다) 이런 글들은 참고는 하되 대부분 자세히 읽지 않고 넘어갔다. 대신 친구나 지인을 통해 추천받은 몇 가지 제품 중에 식품의약품안전처 건강기능식품 인증 마크가 있는지 확인한 후 인터넷을 통해 최근 몇 년간 해당 제품과 관련한 이슈가 있었는지 검색하였다. 선택적으로 복용하는 건강기능식품 중 무엇을 섭취하는 게 좋을지에 대해서는 의사나 약사가 운영하는 채널의 영상을 참고하거나(물론 광고 영상이 아닌 것에 한하여) 정기적으로 다니던 산부인과 의사 선생님께 문의드렸다.

여기서 끝이 아니었다. 임신 6주 차 즈음에 샤워를 마치고 나오는데 갑자기 내가 쓰는 샴푸의 향이 독하게 느껴졌다. 또 무심코 아이크림을 바르다가 예전에 어딘가에서 기능성 화장품에 들어 있는 레티놀(비타민A) 성분이 태아에게 좋지 않다는 이야기를 들었던 게 생각났다. 인터넷에 검색해 보니 사용하던 샴푸, 바디 워시, 치약, 각종 세제 등을 임신 후에 바꿨다는 내용의 글이 심심치 않게 올라와 있었다. 이런저런 글을 읽다가 일상생활에서 사용하는 화학 제품과 화장품의 유해 성분을 분석해 주는 앱과 웹사이트를 알게 되었고, 이들은 사용하던 제품을 바꿀 때 많은 도움이 되었다. 기능성 화장품에 대해서는 내 경우 정기적으로 다니던 산부인과 의사 선생님께 문의드렸다. 의견이 분분할 수 있기에 이곳에 답변 내용을 밝히지 않지만, 나와 비슷한 걱정을 하는 임신부들은 산부인과 전문의에게 자세히 문의할 것을 권한다. 다만 여러 신문 기사에서 임신부가 비타민A를 과량 섭취할 경우 기형아를 유발할 가능성이 높아진다고 다룬 것은 사실이다.

이렇듯 일상생활에서 접하는 소소한 것에서부터 겁이

나는 이벤트까지, 정도와 종류의 차이는 있겠지만 모든 임신부는 긴장하며 임신 기간을 보낸다. 임신 후 겪는 익숙하지 않은 몸의 변화와 임신 기간 동안 조심해야 하는 것들에 대해 병원에 가서 물어보는 것이 가장 정확한 방법이겠지만, 무거운 몸을 이끌고 매일 병원에 가서 수많은 질문을 쏟아낼 수 없기에 주위 사람들에게 묻고, 인터넷을 검색하고, 도움을 청할 수 있는 여러 경로를 찾아낸다. 임신부들은 번거롭고 힘이 들어도 이 모든 게 아기를 건강히 만나기 위한 과정이라고 생각하고 버텨 낸다. '예비 엄마'라는 이름하에 감당해야 하는 중압감은 생명을 품었다는 감사함으로 이겨 낸다. 그렇게 엄마가 되는 첫걸음을 떼는 것이다.

혹시 예비 엄마의 남편이나 다른 가족이 이 글을 읽는다면, 임신부가 겪는 여러 변화에 대해 먼저 물어봐 주고 함께 고민해 주었으면 한다. 그리고 가능하다면 정기 검진이나 기타 이벤트로 인해 임신부가 병원을 방문할 때 동행해 주기를 권한다. 곁에 있는 것만으로도 큰 힘이 되기 때문이다. 나는 결혼 후 지방으로 이사를 와서 서울에

어느 날 엄마가 되었다

있는 친정 식구와 떨어져 지냈는데, 남편은 부득이한 상
황을 제외하고 조퇴를 하거나 휴가를 내서 기꺼이 같이
병원에 가 주었다. 그게 얼마나 큰 힘이 되었는지 모른다.

출산 준비가
뜻하는 것

출산 준비라고 하면 대개 출산과 산후조리 시 필요한 짐을 챙기고, 아기방을 꾸미고, 아기를 낳고 기르면서 쓸 여러 용품을 사는 걸 뜻하는 것 같다. 나보다 6개월 정도 먼저 출산한 친구인 S로부터 출산용품 목록이 담긴 엑셀 파일을 전달받았는데 파일을 클릭해 연 순간 나는 출산과 육아라는 무시무시한 세계에 발을 내디뎠다는 것을 새삼 깨달았다.

엑셀 시트에는 용품 목록이 일목요연하게 정리되어 있었다. 대략적인 카테고리는 이러하다.

임산부용품 바디 필로우, 수유용 속옷, 복대, 레깅스, 압박 스타킹, 돌돌이 양말, 수면 양말, 손목 보호대, 오로 패드, 수술 흉터 치료용 밴드 혹은 연고(제왕 절개 시) 등

의류 배냇저고리, 배냇 슈트, 바디 슈트, 우주복, 내복, 외출복, 모자, 스와들 제품, 속싸개, 겉싸개, 손싸개, 발싸개, 양말, 턱받이 등

침대/침구 아기 침대, 좁쌀 베개, 짱구 베개, 이불/좁쌀 이불, 역류 방지 쿠션, 방수요, 담요, 침대 누빔 패드 등

목욕/스킨케어용품 샤워기 필터, 씻김용 욕조, 헹굼용 욕조, 욕조 클리너, 탕 온도계, 타월, 아기 비데, 아기용 샴푸, 바디 워시, 수딩젤, 로션, 크림, 오일 등

위생/세탁용품 기저귀, 기저귀 갈이대, 기저귀 휴지통, 천 기저귀, 가제 손수건, 지퍼 백, 손톱 가위 세트, 물티슈, 건티슈, 면봉, 코 흡입기, 알콜스왑, 멸균 생리 식염수, 멸균 거즈, 장난감 살균 스프레이, 세탁 세제, 세탁망, 아기 의류/침구 전용 세탁기 등

수유/세척용품 수유 쿠션, 수유 시트, 수유 의자, 수유등, 유축기, 유축기 부속품, 유두 보호기, 수유 패드, 모유 저장 팩, 분유, 분유 저장 팩, 분유 포트, 분유 제조기, 젖병, 젖꼭지, 젖병 세정제, 젖병/젖꼭지 세척솔, 설거지통, 열탕 소독용 냄비, 열탕 소독용 집게, 젖병 건조대, 젖병 보관함, 젖병 소독기 등

장난감 모빌, 초점책, 아기 체육관, 바운서, 목욕 놀이 장난감, 딸랑이, 애착 인형, 동요가 나오는 장난감, 치아 발육기 등

외출용품 카시트(신생아용 바구니 카시트, 영유아용 카시트), 유아차, 차량용 햇빛 가리개, 차량용 거울, 외출용 가방, 외출용 보온병, 기저귀 갈이용 깔개 매트 등

기타 아기 띠, 힙시트, 공갈 젖꼭지, 공갈 젖꼭지 고정용 클립, 체온계, 온·습도계, 디데이 달력, 가습기, 제습기, 아기용품 보관용 3단 수납함, 플라스틱 보관함 등

내가 받은 엑셀 파일에는 각 용품과 필요한 수량, 참고할 만한 브랜드, 가격대가 적혀 있었다. 처음에 파일을 열어 보고 나서 용품의 수가 예상보다 훨씬 더 많아서 당황했는데, 인터넷에 출산용품 후기를 찾아보니 위의 용품을 모두 다 살 필요는 없었다. 마음을 가다듬고 '당장 사야 할 것', '애매하여 구입을 보류하고 지인에게 정말 필요한지 물어볼 것', '추후 필요시 살 것'으로 용품을 구분하고, 용품별로 맘카페나 블로그에서 사용 후기도 찾아보았다. 일단 최소의 물품만 사기로 했지만, 용품별 후기를 찾아보고, 가격이 제일 저렴한 판매처가 어디인지를 검색하고, 고민 끝에 구매하기 버튼을 누르고, 구

입 후 엑셀 파일에 지출 내역을 정리하고, 택배로 배송되면 어느 용품이 도착했는지 기록하고 용품을 정리하는 일을 반복하다 보니 점점 지쳐 갔다. 나는 임신 29주 차부터 용품을 구입하기 시작했는데, 몸이 조금 더 가벼울 때 시작했으면 좋았겠다는 생각을 했다.

배송받은 물건을 단순히 분류하여 정리하는 것만으로 끝나지 않았다. 분유 포트, 열탕 소독용 냄비 등 스테인리스 재질로 만들어진 것은 사용하기 전에 미리 연마제 제거를 해야 했고(이른바 '연마(제 제거) 지옥'에 들어가는 것이다), 전용 클리너로 세탁조를 세척한 후에 아기 옷과 가제 손수건, 천 기저귀, 침구를 깨끗이 세탁한 후 건조시켜 지퍼 백에 보관했다. 젖병과 젖꼭지는 출산 즈음에 미리 젖병 세정제로 세척 후 열탕 소독과 젖병 소독기를 거쳐 보관함에 넣어 놓았다. 임산부용품과 아기용품 중 일부는 분만병원에 가져갈 가방과 조리원에 가져갈 가방에 각각 넣어 놓았다.

임신 주 수가 늘어날수록 몸은 점점 더 무거워졌고, 준비 속도도 더뎌졌다. 그리고 준비 과정에서 묘한 심리가 생겼다. 혹시라도 내가 용품을 제대로 준비하지 못해서 내 아기가 다른 아기들보다 불편하게 지내면 어쩌지라는 이상한 경쟁(?) 심리였다. 내가 게을러져서 잘 알아보지 않고 대충대충 샀다가 질이 나쁜 용품 때문에 아기의 건강을 해치면 어쩌지라는 걱정도 했다. 사실 이런 걱정이 터무니없는 것도 아니었다. 2020년 말에 산업통상자원부에서 안전성 검사를 실시했는데, 당시 인기리에 판매되던 아기 욕조(이른바 '국민 아기 욕조')의 배수구 마개에서 환경호르몬인 프탈레이트계 가소제가 기준치의 612배가 넘게 검출된 일이 있었다. 같은 해에 폴리프로필렌(PP) 재질로 만들어진 젖병에 고온의 물을 사용해 유동식을 준비하는 과정에서 엄청난 양의 미세플라스틱이 방출될 수 있다는 연구 결과도 발표되었다. 연구를 하던 사람이라서 그런지 출산·육아용품 정보 수집에 혈안이 되어 끝도 없이 파고든 적도 많았다.

물건 하나하나 고심하며 사다 보니 몸은 몸대로 힘들거니와 내가 과연 이 준비를 다 마치고 출산할 수 있을

어느 날 엄마가 되었다

지 자신이 없어져서 스트레스가 쌓여 갔다. 그럴 때마다 옛날에는 이런 것 다 없어도 다들 잘만 낳아서 길렀다며 혼자 되뇌었다. 멀리서 예를 찾을 필요도 없이 우리 엄마는 용품 준비는커녕 출산 직전까지 일하시다가 나를 낳으셨다. 괜히 불안했다가 억지로 마음을 진정시키기를 반복하면서 클릭은 멈추지 않는 정말 아이러니한 감정 롤러코스터의 연속이었다.

그렇게 나 자신을 괴롭히던 어느 날, 남편은 내가 안쓰럽다는 듯이 나직이 한마디를 건넸다. "자기야, 우리가 아기를 기를 때 최선을 다할 순 있지만, 아기에게 항상 최고의 것을 줄 순 없어" 나는 말없이 고개를 끄덕였다. 출산과 육아에 '옵티멈(optimum)', 즉 '최고/최적의 것'은 없다. 옵티멈이 있다고 생각하면 앞서 말한 것 같이 불특정 다수의 엄마를 대상으로 한 이상한 경쟁 심리가 발동한다. 그리고 불안한 마음을 달래기 위해 제일 비싸고 좋아 보이는 것을 사려고 한다. 그런데 예산은 한정되어 있어서 조금이라도 할인을 받고자 시간 맞춰서 라이브 방송을 챙겨 보고 어느 웹사이트에서 제일 저렴하게 파는지 찾고 찾고 또 찾는다. 이 모든 것이 시간과 체력을 갈아 넣는 일이라는 게 함정이다. 아기가 쓸 물품을 신중히 고르는 것도 중요하지만 지치지 않은 엄마가 아기에게 주는 안정감과 다정함도 중요하다.

　엄마가 아기와 관련된 물품이나 서비스를 고르고 구매할 때 일정한 기준이 있어야 하는 것을 나는 출산하고 한참 후에서야 깨달았다. 경험상 비싸고 그럴듯해 보이는 것, 후기가 좋은 것이 실패할 확률이 낮다. 그렇지만 예산이 한정되어 있기에 어느 종류의 물품에 얼마나 소비할 용의가 있는지 나름의 기준을 세워야 한다. 예를 들어, 내 경우에는 아기 입에 닿는 물품이나 수유 및 이유식과 관련된 것(분유, 분유 포트, 젖병, 젖꼭지, 이유식 조리도구, 이유식 재료 등)은 세심히 고르고 예산을 조금 더 배정했다. 반면에 아기 책이나 장난감은 선물로 받은 걸 최대한 활용하거나(선물 받은 월령별 놀잇감과 놀이책 세트, 아기 체육관, 보행기를 정말 요긴하게 잘 썼다), 조카가 쓰던 걸 물려받거나(하은이 고모, 고모부에게 정말 감사했다), 월령별로 잘 갖고 놀 수 있는 물품을 검색하고 신중히 고민한 뒤 한 달에 몇 개씩만 사 주었다(영유아 교육 관련 박람회에 가서 책과 장난감을 저렴하게 구입하기도 했다). 아기가 장난감을 싫증 내면 부모님이 가르쳐 주신대로 친정 집에 있는 여러 용품 중 아이가 안전하게 갖고 놀 수 있는 것들(화장솜, 작은 천 주머니, 작은 종이 상자, 종이컵, 예쁜 그림이 그려진 종이 등)을 최대한 활용했다. 나는 코로나19가 절정이던 시기에 출산해서 중고거래 플랫폼을 통해 물품을 사진 않았지만(다만 코로나19가 조금 잠잠해진 뒤에는 사용하다가 필요 없어진 용품 중 깨끗한 것들을 많이 팔았다) 이를 이용하는 것도 물론 좋은 방법이다.

내가 만약 다시 임신 기간으로 돌아간다면 출산 준비에 있어서 물품 구입에만 너무 치중하지 않을 것 같다. 집 근처의 좋은 소아청소년과[*]를 알아보고, 의사나 전문가가 집필한 임신·출산에 관한 책이나, 아기의 건강·발달에 관한 책, 혹은 신뢰할 만한 채널의 임신·출산·육아 관련 영상을 챙겨 보는 것도 중요한 것 같다. 막상 아기가 태어난

---

* '좋은 소아청소년과'의 기준은 사람마다 다를 수 있는데, 내 경우 환자(환아)의 보호자가 궁금한 것을 세심히 답변해 주고 환자의 상태에 대해서 정확히 진단을 내리고 그에 적절하게 치료하거나 약을 처방해 주는 의료진이 있는 곳을 뜻한다.

후에는 부모가 제대로 잘 시간마저 없고, 아기가 아플 때 급히 찾아보려고 하면 집중하기가 어려워서 허둥지둥하기 때문이다. 조금 더 부지런하다면 이유식 관련 책을 미리 읽어 마음의 준비(?)를 하는 것도 나쁘지 않다. 더 나아가 대략적인 육아 지침을 세우는 데 도움을 주는 책을 읽는 것도 추천한다. 그리고 출산과 육아와 관련된 지식을 쌓는 것과 더불어 엄마의 마음을 돌보는 활동도 중요하다. 절친한 친구나 가족을 만나서 수다를 떨고, 맛있는 것을 먹고, 좋아하는 영화를 보는 등 '나를 행복하게 하는 것'을 '여유롭게 마음껏' 하는 게 꼭 필요한 것 같다. 후술하겠지만 아기를 낳으면 더 이상 내가 원하는 대로만 시간을 보낼 수 없기 때문이다.

누구나 하루아침에 성숙한 엄마가 되지 않는다. 아이의 부모로서 평생에 걸쳐 다듬어진다고 생각한다. 출산 준비도 나의 육아 방식과 기준을 세워 가는 한 과정이라고 생각했다면 그 시간이 더욱더 기쁘고 소중했을 거라는 아쉬움이 남는다.

어느 날 엄마가 되었다

예비 엄마를 괴롭힌 바이러스

임신부로서 감당해야 하는 기본적인 스트레스 요인과 함께 임신 기간 중에 내 감정을 더욱 복잡하게 만든 외부 요인이 있었으니 바로 코로나19였다. 앞서 말했듯이 나는 연애의 시작부터 코로나19와 함께했고 이로 인해 여러 에피소드가 생겼는데, 예를 들어 우리 부부는 아기가 태어나고 수개월이 지나서야 처음으로 영화관 데이트를 했다. 한창 결혼을 준비할 때에는 나와 남편(당시 예비 신랑)이 각자 다른 도시에서 근무했기에 주말마다 서울에서 만나서 결혼과 관련된 태스크를 몰아서 해치웠는데(결혼식장 답사, 사진 촬영, 결혼반지 구입, 모바일 청첩장 제

작, 드레스 선택, 예복 맞춤 등), 코로나19 때문에 식당들이 일찍 문을 닫아 차 안에서 포장 음식으로 끼니를 해결하기 일쑤였다. 드레스를 고를 때에는 동행 가능한 인원수에 제한이 있어서 예비 신랑이나 친정 엄마 중 한 명이 번갈아 가며 함께했었고(그래서 예비 신랑은 내가 최종적으로 선택한 드레스를 결혼식 당일에야 볼 수 있었다), 친구나 지인을 결혼식에 초대하기 위해 식사를 대접하는 이른바 '청첩장 모임'도 동석할 수 있는 사람 수가 제한되어 있기에 하나의 친구 모임이라고 해도 여러 번에 나눠서 약속해야 했다. 결혼식 때에는 메인 홀에 출입할 수 있는 하객의 수가 정해져 있어서 하객 배치도를 미리 대략 작성해서 예식장 측에 제출해야 했는데, 이 때문에 초대하고자 하는 이들에게 참석 가능 여부를 미리 일일이 연락해 확인하는 등 가히 첩보 작전을 방불케 했다. 또 일생 최고의 여행이라는 신혼여행도 선택의 여지 없이 국내로 가야만 했다. 정말 코로나19를 생각하면 지긋지긋하다고 표현할 정도이다.

그렇게 조심을 하고 규정을 칼같이 지켰지만 코로나

어느 날 엄마가 되었다

19 감염의 위험은 늘 도사리고 있었다. 내 경우 결혼 전에 직장에서 확진자와 접촉하여 한 차례 자가 격리를 했었다. 당시만 해도 확진자가 흔치 않고 위중증률이 현재보다 높아서 PCR 검사 결과를 들을 때까지 울고불고 난리도 아니었다. 다행히 (지금 생각해 보면 다소 민망하게도) 확진은 아니었다. 그렇게 무사히 넘어가나 했는데, 임신 초기에 내가 근무하고 있던 학교 건물의 같은 층에서 확진자가 또 발생한 것을 알게 되었다. 이번에는 홑몸이 아닌 만큼 소식을 듣고 마음이 쿵 하고 내려앉았다. '차라리 임신 전에 걸려서 항체를 보유한 채로 아기를 품었다면 덜 위험했을까'라는 생각도 뇌리에 스쳤다.

당시만 해도 지금처럼 동네 병의원에서 신속항원검사를 하지 않아서 부랴부랴 집 근처 선별진료소에 갔다. 도착 후 길게 늘어선 줄을 보고 검사를 받으려고 대기하다가 감염이 될 것 같아 마음이 더 심란해졌다. 나름 단단히 준비한다고 마스크 두 개를 쓰고 위생 장갑을 꼈지만 이게 과연 도움이 될까 싶었다. 일단 줄을 선 후 검사를 받으러 온 사람들을 안내하시는 직원분께 용기 내어 임신 9주 차인데 혹시 양해해 주실 수 없는지 아주 조심스럽게 문의드렸다. 그랬더니 그분이 정말 흔쾌히 줄 앞쪽으로 같이 가자고 하셨다. 자신의 아내도 임신 막달이라고, 9주면 많이 불안하겠다며 따뜻한 위로의 말씀을 해 주셨다. 그 한마디가 얼마나 큰 힘이 되었는지 모른다. 줄 서 계시던 다른 분들도 임신부라고 하니 항의하지 않으시고 양해해 주셔서 정말 감사했다. 나중에 인터넷에 올라온 임신부들의 글을 읽어 보니 확진자 수가 늘어나면서 만삭이라고 해도 사정을 고려해 주지 않아서 검사를 받기 위해 한참 동안 줄 서서 기다려야 했다는 후기를 종종 볼 수 있었다.

검사 결과가 나오는 다음 날 아침까지 벌벌 떨었다. 만약에 열이 나면 어떻게 해야 하는지, 해열제는 어떤 종류를 몇 시간 간격으로 복용해야 하는지도 찾아보았고, 임신부 확진 경험담이 담긴 글과 영상도 열심히 검색해 보았다. 천만다행으로 검사 결과는 음성이었지만, 이 경험으로 인해 트라우마가 생겨서인지 이후에 나는 스스로 엄격한 방역 지침을 세웠다. 괴로운 나날의 서막이었다.

어느 날 엄마가 되었다

나는 임신 사실을 안 후 얼마 되지 않아 퇴사했는데, 퇴사 후 임신 기간 동안 외식을 한 적이 거의 없다. 다만 집밥이 물릴 때는 배달 음식을 주문해 먹었는데, 이것도 혹시나 하는 마음에 최대한 자제했다. 외출해서 가족이나 지인을 만난 일도 손에 꼽았다. 사실 임신 중·후기에는 감염에 대한 걱정도 있었지만 박사 과정 동안 얻은 허리 고질병이 다시 도져서 외출하는 게 정말 어려워지기도 했다. 병원 진료 등 어쩔 수 없이 외출해야 하는 일이 생기면 집에 돌아온 후 나와 내 남편의 겉옷은 의류 관리기의 살균 모드로 돌렸고, 세탁기로 세탁이 가능한 옷은 모두 빨래 바구니로 던져졌다. 남편이 퇴근하고 들어오면 그의 휴대폰과 차 열쇠, 이어폰은 내 손에 들어와 소독 티슈로 세척을 거쳐야만 했고(나중에는 남편이 알아서 혼자 해 주었다), 집으로 오는 택배는 모두 소독 티슈로 닦거나 살균 스프레이를 뿌려 소독했다. 나중에 조리원을 고를 때에도 내게 중요한 기준 중 하나가 얼마나 방역을 철저히 하는지 그리고 조리원에서 배우자 출퇴근이 가능한지였다(나는 배우자 출입이 불가한 편이 더 마음이 놓였다).

이쯤 되니 누가 내게 결벽증과 강박증이 있다고 해도 할 말은 없었다. 그러나 당시 확진된 임산부에 대한 의료 체계가 매우 열악했던 걸 감안하면 이러한 내 행동을 어느 정도 이해할 수 있을 것이다. 내가 출산한 2022년 봄에는 확진자 수가 하루 30만 명에 육박했고 대부분의 무증상·경증환자는 재택치료를 했다. 내가 임신 후기를 보내던 시기에 임산부는 치료에 있어서 '집중관리군'이 아닌 '일반관리군'으로 분류되어 확진이 되어도 건강 상태가 위태롭거나 출산 조짐이 보이는 등 정말 응급 상황이 아닌 이상 재택치료를 하면서 해열제를 먹고 버텨야 했다. 뉴스에서는 확진된 임산부를 받아 주는 병원이 없어서 몇 시간을 대기하다가 결국 구급차 안에서 출산했다는 소식이나 거주 지역이 아닌 거리가 먼 다른 지역의 병원으로 헬기 이송을 하여 출산했다는 이야기들이 들려왔다.

분만병원과 조리원의 방침도 걱정스럽기는 마찬가지였다. 우선 병원의 경우 확진된 임산부가 격리 해제 이후 며칠째에 병원 진료를 볼 수 있는지, 격리해제통지서만 갖고 있어도 병원에서의 분만이 가능한지 혹은 불가능한지가 병원마다 달랐다. 내가 출산할 즈음에는 대개의 병원과 조리원이 격리해제통지서가 아닌 PCR 검사 음성확인서가 있어야만 분만 혹은 입소가 가능했다.* 이게 꽤 심각한 문제였는데, 이유는 격리가 해제되고 바이러스의 전파력이 없다고 하더라도 PCR 검사 결과는 수일 동안 양성으로 나올 수 있기 때문이었다. 따라서 출산 예정일이 며칠 남지 않은 상황에서 확진이 되면 분만할 수 있는 병원과 들어갈 수 있는 조리원이 불투명해지는 상황이었다. 또한 격리해제통지서만으로 분만 혹은 입소 가능한 병원이나 조리원에 대한 공식 정보가 없어서 만삭 임신부가 직접 수십 곳의 병원과 조리원에 일일이 전화해서 확인해야 했다. 확진자와 비확진자를 함께 수용할 수 있는 시설이 갖추어져 있지 않은 병원이나 조리원이 많다 보니 이러한 조치가 불가피한 것은 이해했지만, 하루 수십만 명의 확진자가 발생하는 상황에 임신부에게 무거운 짐을 안기는 주먹구구식의 방역 지침이 답답하기 짝이 없었다.

* 병원에서 PCR 검사 음성확인서를 요구하는 바람에 자연 분만을 계획하는 임신부의 경우에는 언제 출산을 할지 몰라서 감염의 위험을 무릅쓰고 며칠에 한 번씩 선별진료소에 가서 PCR 검사를 받기도 했다.

목마른 사람이 우물을 판다고, 엄마들은 나름의 해결책을 찾았는데 바로 맘카페였다. 코로나19 치료 경험담을 나누는 게시판을 만들어서 확진 시 어떻게 대처하였는지 글을 올리고, 관련 정보를 쪽지나 댓글로 교환하기도 했다. 솔직히 결혼 전에는 맘카페에 대한 인식이 마냥 좋지만은 않았다. 여기저기서 맘카페에 대해 들은 이야기만으로 '왜곡되거나 사실이 아닌 정보가 올라오고 삽시간에 편파적인 여론을 형성하는 곳'이라고 생각했기 때문이다. 그런데 결혼과 임신을 하고 나서는 맘카페에 대한 내 생각이 달라졌다. 이제 결혼 생활을 막 시작한 새댁, 예비 엄마, 초보 엄마로서 궁금한 점이 한두 가지가 아닌데 친구나 지인에게 매번 연락하는 것이 미안했다. 그때마다 맘카페에 키워드를 검색해 보면 어김없이 나와 비슷한 궁금증을 가진 사람이 있었고 질문에 대한 답도 댓글로 올라와 있었다. 그야말로 '맘들의 포털사이트'인 것이다. 맘카페에 오르내리는 모든 글과 댓글을 전적으로 신뢰할 수는 없다고 해도 매일 아이를 기르며 수많은 문제에 부딪히는 엄마들에게 맘카페만큼 의존할 수 있는 곳도 드물 거다.

어느 날 엄마가 되었다

아무리 맘카페가 도움이 되었다고 하지만, 코로나19 시국에 임신과 출산을 둘러싼 여러 궁금증을 해결해 줄 수 있는 공식적인 채널이 없다는 것이 너무 아쉬웠다. 몸과 마음이 버거운 임신 기간에 시시각각 변하는 방역 지침과 미흡한 임산부 의료 대책 때문에 심적으로 지치는 순간도 많았다. 나는 초산이었고 감사하게도 친정에서 산후조리를 할 수 있었지만, 이미 돌보아야 하는 아이(들)가 있는 경산모가 확진이 되어서 분만이 가능한 병원을 직접 수소문해야 하거나, 친정의 도움을 받을 수 없는데 조리원에도 들어갈 수 없는 상황이라면 정말 눈앞이 캄캄할 것 같았다. 출산을 장려하기 위해 여러 지원금과 혜택을 제공하는 것도 중요하지만, 마음 놓고 출산할 수 있는 환경을 마련해 주는 게 우선되어야 하지 않을까 싶었다. 2021년 말에는 확진 임산부 전담 병상을 마련한다는 정부의 발표가 있었지만 최근 다시 검색해 보니 어디까지 이행되었는지 분명하지 않은 것 같다.

잠시 다른 이야기를 한 것 같은데, 다시 내 이야기를 하기 위해 2022년 초의 겨울로 거슬러 올라간다. 당시

일일 확진자 수는 1만 명을 돌파했고, 내가 살고 있는 작은 도시에서는 하루 확진자 수가 마침내 세 자릿수가 되었다. 남편 회사에서는 하루에 몇 명씩 확진자가 나오는 상황이라 긴장을 늦출 수 없었다. 상황이 이렇게 돌아가다 보니 점점 불안해지기 시작했다. 나는 의사 선생님과 상담 후 서울에 있는 큰 병원으로 전원해 출산하기로 결정했는데 막달 검사가 36주 차에 예정되어 있어서 그전까지 코로나19에 걸리지 않기를 간절히 바랄 뿐이었다.

나는 고민 끝에 36주 차까지 혼자 지내는 게 어떨까라는 생각을 하게 되었고, 당시 내게 두 가지의 선택지가 있었다. 첫 번째는 근처 작은아버지 댁이 몇 개월간 비어 있는 상황이라 나 혼자 들어가서 지내는 것이었고, 두 번째는 남편이 집 근처에 있는 원룸에 들어가서 지내는 것이었다, 어느 쪽을 택하든 감당해야 하는 어려움은 있었다. 첫 번째를 택하게 되면 (감사하게도 흔쾌히 허락해 주셨지만) 작은아버지, 작은어머니께 폐를 끼치는 것은 물론이거니와 청소, 빨래, 요리, 장보기, 쓰레기 버리기, 출산용품 정리 및 짐 챙기기 등을 누군가의 도움 없이 오롯이 나

어느 날 엄마가 되었다

혼자 해야만 했고, 남편이 있는 신혼집에서 왕복 1시간
이 걸리는 곳이라 갑자기 진통이 오면 보호자 없이 구급
차를 타고 다니던 병원이 아닌 근처의 다른 병원으로 가
서 출산할 가능성이 높았다. 두 번째를 택하면 단 몇 주라
고 해도 남편이 많이 고생스러울 것이었고, 응급 상황 시
에 내 옆에 보호자가 없기는 마찬가지였다. 32~35주 차
의 기간을 보호자 없이 임신부 혼자 보내는 것이 가능할
지에 대해서 당시 다니던 동네 산부인과 의사 선생님과
출산 경험이 있는 친구 J에게 문의했는데, 가능은 하겠지
만 몸이 무거워서 생활이 불편할 것이고 응급 상황 시에
혼자 대처해야 하는 어려움이 있을 거라는 답변이 돌아
왔다. 고민하다가 친정 부모님께 상의드렸는데, 생각지
도 못한 말씀을 하셨다. "너 그냥 빨리 올라와" 아직 직장
생활을 하시는 아빠는 내가 출산하기 전까지 집 근처 숙
소로 장기 투숙하러 들어가시고, 퇴직하신 엄마가 내 곁
에서 보호자로 계시겠다는 말씀이었다.

깊은 고민 끝에 나는 출산 예정일 약 2개월 전에 친정
에 들어가기로 결정했다. 부모님께 죄송한 마음이 컸지

만, 엄마가 보호자로 내 옆에 계실 수 있다는 게 든든했다. 단 3일 만에 분만병원에 들어갈 때 필요한 짐, 조리원에 들어갈 때 필요한 짐, 친정집에 세팅해 놓아야 할 아기용품 짐을 부랴부랴 꾸렸다. 친정으로 떠나는 날 아침, 언제 다시 돌아올지 모르는 신혼집에서 남편은 정성스럽게 셀프로 만삭 사진을 찍어 주었다. 그리고 나는 친정으로 올라가는 차 안에서 대성통곡을 했다. 코로나19에 대한 여전한 두려움, 친정 부모님께 죄송스러운 감정, 남편에게 미안한 마음, 내게 닥친 문제를 능히 혼자 해결할 수 없는 데서 오는 자괴감 등 만감이 교차했다. 왜 내 임신 기간은 이토록 평안하지 못한 걸까. 아니, 나는 왜 두려움의 끈을 놓지 못해서 이렇게 많은 사람을 괴롭히는 걸까? 웃픈 것은 같은 시기에 나와 비슷한 고민과 결정을 하는 임신부들이 있었다는 것이다. 맘카페에 보니 남편을 시댁이나 근처 원룸으로 보내고 임신부인 본인은 혼자 지내기로 결정했다며, 너무 우울하다고 쓴 글이 왕왕 올라왔다. 그야말로 생이별이 따로 없었다.

결국 나는 출산일까지 바이러스를 아슬아슬하게 피해

갔다. 여기까지 말하면 해피 엔딩일 것 같지만 그렇지 않다. 나와 가족들 모두 그렇게 조심했는데도 하은이가 생후 5개월이 되었을 즈음에 내가 먼저 확진이 되었고, 그다음에 하은이, 그리고 친정 부모님 순으로 결국 온 가족이 바이러스에 감염되었다. 막상 걸리고 나서 보니 출산 직전까지 그렇게 벌벌 떨며 살 필요가 있었나 싶지만, 임신 당시에는 혹여나 태아에게 좋지 않은 영향을 끼칠까봐, 출산 즈음에 확진이 되어 병원에도, 조리원에도 들어가지 못할까 봐 하루하루가 살얼음판처럼 느껴졌다. 임신 기간 내내 극도로 긴장하며 지냈던 게 아기에게 영향을 끼친 것일까, 아니면 이런 엄마가 보기에 안타까웠던 것일까. 아기는 예상보다 일찍 세상에 모습을 드러냈다.

2

감당하기 힘든 아픔,
그럼에도
'엄마'라는 이름으로
버텨 낸다는 것

너를
처음 만난 날

일생일대의 경험담으로 남자들에게 군대이야기가 있다면 엄마들에게는 출산이야기가 있다. 초면인 아저씨 둘이 군대이야기를 시작하면 어색하던 사이가 눈 녹듯 풀어져 어느새 함께 술잔을 기울일 만큼 가까워지고, 서로 모르는 아기 엄마 둘이 만나 출산이야기를 꺼내면 시간 가는 줄 모르고 웃고 애석해하다 자연스럽게 아기 이름을 묻고 사진을 공유한다. 군대이야기와 출산이야기의 공통점은 평생토록 기억할 만큼 고생스럽지만 보람찬 순간들로 가득 차 있다는 것과 그 경험으로 인해 한층 더 성장한다는 것이다. 그리고 누구나 그 이야기에 슬품만은 깃들지 않기를 바란다. 나 또한 아기와 처음 만나는 날에는 기쁨만 느끼기를 바랐다. 하지만 하나님께서는 내 바람과는 다른 방향으로 인도하셨다.

친정에 도착한 후 처음 2주 동안에는 코로나19 불안증이 가시지 않아서 엄마와 따로 식사하고(일주일에 한 번 운동 수업을 받으러 외출하신다는 게 이유였다), 나를 위해 친정 부모님이 정성껏 꾸며 주신 세 평 남짓한 방에 거의 온종일 틀어박혀 지냈다. 출산 예정일이 다가올수록 체력이 점점 더 약해지고 허리 통증이 악화되어서 오래 누워 있었고, 그 외 시간에는 간간이 용품을 주문하고 배송된 물품을 분류하고 출산과 육아에 관한 정보를 찾고 읽다 보니 하루하루가 금방 지나갔다. 시간이 흐르면서 마음이 점차 안정되었고 엄마와 이야기도 길게 나누고 거실과 주방에서 아기용품을 정리하고 세척하기도 했다.

몸과 마음이 바짝 얼었던 겨울이 지나가고 따스한 햇살이 반기는 봄이 찾아왔다. 어느 늦은 오후, 거실에서 엄마는 TV로 영화를 보시고 나는 그 옆에서 아기 침대

어느 날 엄마가 되었다

를 이쪽저쪽 돌려 가며 소독했다. 꼼꼼히 닦은 뒤 아기가 누운 모습을 상상하며 침대를 뿌듯하게 바라보고 있는데 그 순간 이상하게 골반이 저릿했다. 엄마가 너무 무리하는 것 같다고 앉아서 좀 쉬라고 말씀하셨을 때만 해도 '이제 예정일이 다가오니 아기 몸집이 커져서 일시적으로 그런 거겠지' 하며 안일하게 생각했다. 그리고 저녁을 먹고 집 안을 천천히 걸어 다니며 운동을 하고 책을 읽은 뒤 침대에 누워 '부디 마음이 불안하지 않게 해 주세요'라고 기도하며 잠을 청했다.

눈을 떠 보니 새벽 4시 10분이었다. 아직도 그 시간이 잊히지 않는다. 다시 잠을 자려다가 아무래도 느낌이 이상해서 화장실에 갔고 출산 경험이 없는 나도 양수가 터졌다는 걸 쉽게 알 수 있었다. 서둘러 다른 방에서 주무시던 엄마를 깨웠고, 한 주 전에 병원에서 받은 분만실 전화번호로 급히 전화했다. 다급하게 말하는 임신부가 처음은 아니었는지 수화기 너머 간호사 선생님은 "많이 당황하신 것 같은데 진정하시고 응급실로 오세요"라며 나를 다독이셨다. 당시 임신 주 수로 37주 1일이었고 제왕 절개 예정일은 38주 4일이었다. 37주부터는 정상 분만이 가능한 시기로 간주하기 때문에 전혀 놀라울 일도 아니었고 이미 분만병원에 들고 갈 가방과 조리원 가방까지 분리해서 야무지게 챙겨 놓았지만 이렇게 병원에 들어가는 건 내 시나리오에 없던 일이었다(한 치 앞을 모르는 사람 일에 '시나리오'라는 단어가 어불성설이지만). 산모 수첩과 지갑, 휴대폰을 서둘러 챙기는 중에도 내 입은 "어떡해"를 연신 외치고 있었다. 엄마는 집 근처의 숙소에서 지내고 계시던 아빠에게 연락하셨고 아빠는 한걸음에 달려오셨다. 아빠가 도착하시자마자 내 짐을 차에 싣고 우리 세 식구는 부리나케 병원으로 향했다.

'아기야 드디어 오늘 만나는구나. 그래도 코로나바이러스는 피해서 다행이야. 우리 건강히만 만나자' 새벽을 달리는 차 안의 공기는 차가웠지만 들떠 있었다. 응급실에 보호자는 한 명만 들어갈 수 있어서 아빠와 짧게 작별 인사를 나눴다. 아빠의 눈빛은 몇 년 전 내가 유학을 떠날 때 공항에서 보았던, 염려 가득한 눈빛이었다. 앞날의 고생스러움을 알고 있어 걱정은 되지만 딸이 혼자 이

어느 날 엄마가 되었다

겨 내야만 하는 것을 알기에 한발 물러나 바라볼 수밖에 없는 부모의 눈빛.

응급실에 들어서자 의사 선생님이 우리를 맞으셨고 나는 최대한 차분하게 임신 주 수와 증상을 상세히 말씀 드렸다. 정확히 기억나지 않지만 응급실 구석에서 나와 엄마 모두 PCR 검사를 받은 뒤 결과가 나올 때까지 1시간 정도 대기했던 것 같다. 음성 결과가 나온 후 나는 곧장 이동용 침대에 실려서 산부인과 분만 대기실로 옮겨졌다. 이때만 해도 간간이 느껴지는 통증이 견딜 만했다. 분만 대기실은 6인실이었고, 이른 아침이어서 그런지 나와 엄마밖에 없었다. 환자복으로 갈아입고 창가 쪽에 자리 잡고 누워 있다가 의료진분들의 안내에 따라 초음파 검사를 받고, 몇 번의 내진을 받았다. 양수가 계속 흐르고 있어서 엄마가 다급히 원내 의료 기기 상점에서 사오신 일회용 방수 매트를 깔고 누웠다. 정신을 차리고 보니 자그마한 창으로 밝은 햇살이 우리를 비추고 있었고 어느 때와 다름없는 봄날의 이른 아침이었다. '다른 사람들은 평소처럼 아침 식사를 하고 출근을 하겠네. 하나님,

제발 오늘이 무사히 지나가게 해 주세요'

마침내 주치의 선생님이 도착하셨고, 몇 번의 내진과
상의 끝에 제왕 절개로 출산하기로 결정되었다. 대기 중
에 진통이 빠른 속도로 점점 더 심해졌다. 엄마는 본인 손
을 꼭 붙들라고 하셨다. 그리고 다가올 일에 너무 놀라지
말라는 듯 경고하셨다. "이제 조금 있으면 아주 예술적으
로 아파" 그리고 나는 몇 분 뒤 엄마의 표현이 사무치게
정확한 것을 알았다. 수축의 세기가 강해지면서 힘이 아
주 센 성인 두 명이 동시에 내 배를 힘껏 쥐어짜는 느낌이
들었다. 나중에는 거의 1분 간격으로 수축이 왔는데 정
말 곁에 누가 있는지 신경 쓸 정신이 없이 악을 썼다. 아
마 그 층에 있던 모두가 나의 날카로운 비명을 들었을 거
다. 그래도 그 아픔을 이해한다는 듯이 누구도 내게 조용
히 하라고 하지 않았다. 그렇게 길게만 느껴졌던 대기 시
간이 끝나고 드디어 분만 대기실에서 수술복으로 갈아입
고 이동용 침대에 옮겨 누워 수술실로 향했다. 엄마와 헤
어지고 나서도 수술 대기실에서 누가 옆에 있는지 전혀
생각하지 못하고 끊임없이 소리를 질러 댔다.

어느 날 엄마가 되었다

엄마는 응급실에서부터 수술실로 옮겨질 때까지 내 곁에서 손을 꼭 잡고 기도하고 또 기도하셨다. 이제 와 생각해 보니 그 모든 과정을 함께하신 엄마는 얼마나 마음이 쓰라리셨을까 싶다. 나는 엉덩이부터 태어났는데, 엄마는 자연 분만을 감행하셨다. 산모에게 너무 위험한 난산이었다. 내 얼굴을 처음 보신 엄마는 아빠의 처진 눈을 꼭 빼닮은 나를 보고 그렇게 아픈 중에도 웃음이 나왔다고 하셨다. 그리고 먼 훗날 당신의 딸도 출산의 고통을 겪게 될 거라는 생각에 미안한 마음이 들었다고 하셨다.

수술실은 이가 살짝 떨릴 정도로 추웠고, 밝았다. 나는 수술대에 누운 채 하반신 마취를 하기 위해 옆으로 누워 웅크렸다. 덜덜 떠는 내가 안쓰러우셨는지 어떤 의사 선생님이 큰 천으로 살며시 나를 덮어 주셨다. 마취 주사를 맞고 나서 얼마 지나지 않아 수술이 시작되었다. "테스트할게요, 여기 감각 느껴져요?" 주치의 선생님 말씀에 나는 "아니요"라고 짧게 답했고, 이후 신속히 수술이 이뤄졌다. 그리고 한 2분 정도 지났을까? 주치의 선생님의 "아웃"이라는 말씀과 함께 수술대에 걸려 있는 천 너머로 우렁찬 아기 울음이 들려왔다. "아기 보여 드려"라는 주치의 선생님의 말씀에 내 심장이 요동쳤다.

임신부들은 대체로 임신 기간 내내 태어날 아기의 얼굴을 무척 궁금해한다. 그래서 엄마와 아빠 사진을 함께 업로드하면 아기의 얼굴을 예측해 주는 앱이 인기다. 그런데 나는 이상하게도 건강이의 얼굴이 궁금하지 않았다. 어떤 얼굴을 하더라도 내게는 예쁠 것 같다는 생각 때문이었을까. 막상 출산 직후 마주한 아기의 얼굴은 너무 낯설었다. 초음파를 통해 어렴풋이 보던 2D의 눈, 코, 입은 태지로 얼룩덜룩한 피부의 3D의 형태가 되어 내 앞에서 잔뜩 찡그리고 있었다. 그리고 얼굴에 비해 크고 귀여운 코가 눈에 들어왔다. '드디어 만났구나. 건강히 태어나 줘서 정말 고마워' 아기를 더 자세히 보고 싶고 안아 보고 싶었지만 기진맥진한 나는 아기를 안고 계신 간호사 선생님께 "잘 부탁드립니다"라고 말씀드렸고 "마무리할 동안 재워 드릴게요"라는 주치의 선생님의 말씀을 듣고 잠이 들었다.

어느 날 엄마가 되었다

얼마의 시간이 흘렀을까. 회복실에서 한 간호사 선생님이 나를 깨우셨고 이제 병실로 내려간다고 말씀하셨다. 그리고 엄마를 만났다. 엄마는 들뜬 목소리로 나를 보시자마자 "아기 봤는데 너랑 아기 아빠를 꼭 빼닮았어! 그렇게 우렁차게 우는 아기는 처음 봤다"라며 아기 사진을 찍었다고 하셨다. 나는 그저 이 모든 상황이 무사히 끝나서 뛸 듯이 기뻤다. 아직 마취가 덜 풀려서인지 통증은 별로 느껴지지 않았고 나는 이동용 침대에 실려서 산부인과 병동으로 향했다.

나와 엄마가 3박 4일 동안 지낸 병실은 아늑한 방이었다. 어렴풋한 기억으로 그렇게 크지도, 작지도 않은 공간이었고, 출입구 근처에 화장실이 있고, 간단한 옷가지와 짐을 놓을 수 있는 장과 서랍장, TV, 작은 냉장고, 보호자용 침구, 그리고 작은 상이 갖춰져 있었다. 산모가 지내는 병실이어서 그런지 조금은 덥게 느껴질 정도로 따뜻했다. 출산 후 병실에 도착해서부터 아기가 퇴원할 때까지의 기억은 혼란스럽고 아팠던 마음에 뭉개지고 흐릿해져 이 글을 쓰고 있는 현시점에서는 어렴풋하게만 남

아 있다. 따라서 다음 장의 내용은 사실에 비추어 정확하
지 않을 수 있음을 미리 밝힌다.

어느 날 엄마가 되었다

듣고 싶지
않았던 소식

병실에 도착한 엄마와 나는 흰색 천에 싸인 아기의 사진을 보며 잠시나마 행복과 감사가 넘치는 시간을 보냈다. 엄마는 이곳저곳에 연락해 아기 탄생의 소식을 알리셨고 나는 마취 부작용을 막기 위해 고개도 못 들고 꼼짝없이 누워 있었다. 그런데 아기가 태어나고 2시간 정도가 지났을 때 병실로 한 통의 전화가 걸려 왔다. "○○○ 아기* 보호자이시죠? 어머님, 아기가 태어난 지 얼마 안 돼서 호흡이 불안정해져서 신생아실에서 중환자실로 옮

---

* 출산 전에는 몰랐는데 출생 신고를 통해 아기가 정식 이름을 갖기 전에는 병원에서 신생아를 부를 때 산모의 이름을 붙여 "(산모 이름) 아기"로 부른다.

겨졌습니다" 마음이 한없이 내려앉았다. 그리고 얼마 뒤 처음 뵌 의사 선생님 두 분이 내 병실로 찾아오셨다. 한 분은 아기의 주치의, 그리고 다른 한 분은 담당의이셨다. 아기가 태어나자마자 잘 울고 별다른 이상을 보이지 않았으나 얼마 지나지 않아 신생아실 간호사 선생님이 아기의 호흡이 불안정한 것을 인지하셨고 응급 처치를 위해 곧바로 신생아중환자실로 옮겨졌다고 말씀하셨다. 현재는 산소 치료 중이나 앞으로 증세가 더 악화될지 아니면 호전될지는 알 수 없는 상황이었다.

주치의 선생님께 어디서부터 어떻게 질문드려야 할지 몰라 생각이 머릿속을 뱅뱅 돌았다. 어쩌면 나는 무슨 질문을 드려야 할지 알았음에도 굳이 입 밖으로 꺼내고 싶지 않았던 것 같다. '그래서 아기가 살 수 있나요? 아기가 무사히 이겨 내서 생명에 지장이 없더라도 후유증이 있을 수 있나요?' 의학적으로 무지한 나도 호흡이 원활하지 않으면 아기의 생존뿐만 아니라 뇌와 주요 장기에 치명적일 수 있음을 알고 있었다.

어느 날 엄마가 되었다

나는 침대에 누운 채 계속 울었다. 내 눈에서 일분일초도 눈물이 마르지 않았다. '내가 뭘 잘못한 걸까? 출산 준비로 며칠 무리를 하는 바람에 아기의 폐가 다 발달하기 전에 출산한 건가? 임신성 당뇨가 무서운 나머지 너무 오랫동안 집 안을 걸어 다녀서 아기가 너무 일찍 태어난 건가?' 상황이 달라지는 데 전혀 도움이 되지 않는 자책을 하는 동안 엄마는 애써 당황스러움과 슬픔을 감추고 남편과 사위에게 연락해 전하고 싶지 않았던 소식을 알리셨고, 당장 기도를 부탁할 수 있는 가족과 지인들에게 연락하셨다.

"엄마, 우리 아기 어떡해?" "아직 무슨 일이 난 것도 아니잖아. 괜찮을 거야" 이런 무의미한 대화가 몇 번이나 반복하여 오갔다. 몇 시간이 지나고 산부인과 담당의 선생님이 수술 부위 회복 경과를 살펴보시기 위해 병실로 찾아오셨다. 산모가 쉴 새 없이 우는 게 온 병동에 소문이 났는지 이런 말씀을 조심스레 건네셨다. "어머님, 많이 속상하시겠지만, 아기가 양수에 둘러싸여 있다가 세상으로 나오면서 적응하는 과정에 있다고 생각하시면

돼요. 너무 우신다기에 말씀드려요" 그런데 나는 우는 것밖에 할 수 있는 게 없었다. 그 상황을 어떻게 벗어나야 하는지도 몰랐다. 불과 몇 시간 전에는 아늑하고 따뜻하게 느껴졌던 병실이 너무나도 답답하게 느껴졌다.

그날 늦은 오후 즈음부터 수술 부위가 극심히 아팠다. 수액과 함께 진통제를 맞았는데, 간호사 선생님은 호스에 연결된 버튼을 내 손에 쥐여 주시며 통증이 심해지면 누르라고 알려 주셨다. 버튼을 누르면 확실히 배가 한동안 덜 아팠다. 이 버튼을 누르면 마음도 덜 아팠으면 좋겠다고 생각했다. 그리고 계속 기도했다. 나는 괜찮으니 나한테 보내실 천사도 모두 아기에게 보내 주시면 좋겠다고. TV도, 휴대폰도 쳐다보고 싶지 않았고, 적막 속에 통증과 씨름하며 그저 시간이 빨리 흐르기만을 바랐다.

그러다 밤 9시 즈음에 전화가 걸려 왔다. 아기 상태가 호전되었다는 반가운 소식이었다. 나는 수화기를 붙잡고 정말 다행이라는 말만 반복했다. 나는 안도의 눈물을 왈칵 쏟았다. 마음이 조금은 편안해진 그날 밤, 가까운

어느 날 엄마가 되었다

친구들에게 아기 탄생의 소식을 뒤늦게 알리고 남편에게 메시지를 보냈다. "힘내자. 우리 이제 아빠 엄마니까. 건강이는 우리 믿고 이 세상에 나온 거야" 남편은 내가 강해졌다고 했다. 그리고 엄마와 나는 나쁜 일은 모두 지나갔다며 길고 길었던 출산일을 보내고 잠을 청했다.

다음 날 아침 8시 즈음에 다급한 노크 소리가 들렸다. 밤새 통증으로 인해 제대로 잠을 자지 못한 나는 반쯤 깬 정신으로 소아청소년과 주치의, 담당의 선생님을 맞이했다. 주치의 선생님은 서둘러 이야기를 꺼내셨다. 아침 일찍 촬영한 엑스레이 사진에서 아기의 양쪽 폐에 기흉이 발견되었다는 내용이었다. 그리고 폐가 심장을 누를 수도 있는 심각한 상황이어서 기도 삽관을 하셨고, 흉부외과와의 협진을 통해 아기의 가슴에 구멍을 뚫어 흉관을 삽입해야 한다고 하셨다. 나는 눈을 질끈 감고 "알겠습니다"라고 짧게 대답했다. 두 의사 선생님은 처치를 위해 서둘러 병실을 나가셨다. 이제 아기의 건강은 내 손을 떠났고 하나님과 전문가에게 맡겨야 한다는 사실을 알았지만 나는 여전히 무력감과 걱정에 휩싸여 아무것도 할 수 없었다.

한동안 바보처럼 멍하니 있다가 떨리는 손으로 휴대폰을 만지작거리기 시작했다. 검색창에 '신생아 기흉', '신생아 호흡곤란증후군' 등 생각해 낼 수 있는 모든 검색어를 입력했고, 이런저런 글을 읽으면서 태어날 때 호흡에 어려움을 겪는 아기가 생각보다 많다는 것을 알게 되었다. 나는 기흉을 앓은 신생아 이야기가 담긴 블로그 포스트 몇 개를 찾아냈고, 포스트마다 댓글을 달았다. "안녕하세요, 제 아이가 출생하자마자 NICU(neonatal intensive care unit; 신생아집중치료실 혹은 신생아중환자실)에 들어가 있습니다. 기흉 때문에 기도 삽관을 하고 흉관 삽입해서 하늘이 무너지는 것 같은데 어디 붙잡고 이야기할 곳이 없어서요." 그리고 일면식도 없는 한 블로거분이 답글을 남겨 주셨는데 마치 천사가 내게 보낸 메시지 같았다. 그분도 처음엔 정말 힘들었지만 NICU에 있는 아기의 얼굴을 보니 아기가 잘 이겨 낼 수 있겠다는 생각이 들면서 그 조그마한 아기도 살려고 노력하는데 다 큰 부모는 더 힘내야겠다는 마음이 생겼다고 하셨다. 그

어느 날 엄마가 되었다

러면서 어머님 잘못이 아니라고, 잘 이겨 낼 수 있을 거라고 위로해 주셨다. 후회 남지 않도록 의료진과 주변 가족들을 믿고 식사 잘 하고 얼른 기운 차려서 아기와 만나는 날을 위해 준비하라고, 그게 지금 할 수 있는 최선이라며 진심 어린 조언도 남겨 주셨다. 아기가 건강히 퇴원했다는 댓글 기다리고 있겠다는 말씀과 함께.*

제왕 절개를 한 산모는 특이 사항이 없는 한 3박 4일간 입원하는데, 병원에서는 빠른 회복을 위해 입원 이틀째부터 천천히 걷기를 권유한다. 몸과 정신은 서로 연결되어 있다는 말이 맞는지 입원 2일 차 아침에 비보를 듣고서는 도무지 일어설 용기가 나지 않을 정도로 아팠다. 한없이 늘어져 있는 내 옆에서 엄마는 "빨리 네 몸이 나아야 아기를 돌볼 수 있지, 정신 차려 너 이제 엄마야"라며 설득하셨고 나는 복대를 찬 몸을 억지로 일으켰다. 처음에는 누운 자세에서 일어나 앉고 서는 동작조차 힘들었고 병실 안에 있는 화장실로 걸어갈 엄두가 나지 않았다.

* 시간이 흐른 후 그분의 블로그에 다시 찾아가서 아기가 잘 회복했다고 말씀드리고 싶었는데 그 글을 다시 찾을 수 없었다. 그분이 혹시 이 글을 보신다면 정말 감사했다고 말씀드리고 싶다.

엄마의 부축을 받으며 천천히 화장실에 들어갔다가 나오려는데 아랫배 상처가 타들어 가는 느낌이 나서 고통스러웠다. 한 손에는 엄마 손을, 다른 손에는 바퀴가 달린 수액 거치대를 붙잡고 생각했다. '과연 내가 이틀 후에 퇴원할 수 있을까?'

병실 안에서 조금씩 걸음을 연습한 뒤 병동 복도로 나가 보았다. 복도와 간호사실 구역의 분위기는 고요하고 차분했다. 천천히 지나치는 몇몇 병실에서는 행복과 기대에 찬 웃음소리가 새어 나오는 듯했다. 오가는 사람들을 살펴보니 모두 남편이 보호자로 온 것 같았다. 나를 부축하시는 엄마를 뵈니 죄송한 마음이 들었다. 나도 원래는 제왕 절개 수술이 잡혀 있었고 남편이 보호자로 동행하기로 했었지만 갑자기 양수가 터지는 바람에 모든 계획이 틀어졌고, 코로나19 때문에 보호자 변경이 불가해 엄마가 꼼짝없이 나와 3박 4일을 지내시게 된 거다. 병원에서뿐만 아니라 한 달 반을 친정집에서 나와 함께 감옥살이하다시피 지내신 엄마, 혹시나 바이러스에 감염되어 딸에게 옮길까 봐 장기간 집 밖에서 투숙하며 희생하신 아빠, 그리고 임신 기간 내내 며느리와 손녀의 건강을 위해 맛있는 음식을 해 주시고 늘 따뜻한 말씀으로 격려해 주신 시부모님께 기쁨으로 보답해 드리지 못하고 불행만 안겨 드린 것 같아 너무 죄송했다.

마음이 어지러워 출산 다음 날에서야 시어머님께 조심스럽게 전화드렸는데 수화기 너머 "출산하느라 많이 힘들었을 텐데 몸 추스르면서 쉬어도 되는데 전화해 주어서 정말 고맙다, 너무 고생 많았다"는 포근한 음성에 그만 내 마음이 와르르 무너져 전화기를 붙잡고 아기처럼 엉엉 울었다. 그런 나를 달래시는 시어머님의 목소리도 떨렸다. 나중에 남편에게 듣기로 옆에 계시던 시아버님도 우셨다고, 그리고 두 분은 나와 아기의 회복을 위해 정말 간절히 기도하셨다고 한다.

한 걸음 한 걸음씩 천천히 내딛다 보니 "신생아실"이라는 팻말이 붙은 문이 보였다. '우리 아기도 태어나자마자 몇 시간 동안은 여기 있었겠구나' 그리고 고개를 돌리자 불투명한 유리 미닫이문이 있었는데 그 위에 "신생아중환자실"이라고 크게 쓰여 있었다. 내가 머무는 병동과 같은 층에 신생아중환자실이 있었던 거다. 아기와 나는 가깝고도 먼 곳에 있었다. 몹쓸 코로나19 때문에 보호자는 중환자실에 출입할 수 없었고 대신 문 앞에서 간호사 선생님을 호출하여 휴대폰을 드리면 아기의 사진을 여러 장 찍어 주셨다. 유리문이 열릴 때마다 언뜻 보이는 건너편에는 인큐베이터처럼 생긴 신생아용 병상이 여러 개 놓여 있는 것 같았고, 의료 기기에서 주기적으로 나는 삑삑 소리가 날카롭게 들렸다. '엄마 열심히 걷기 연습해서 잘 회복할게. 건강이도 많이 외롭고 낯설고 힘들겠지만 잘 견뎌 내야 해' 나는 속으로 되뇌며 다짐했다. 담대하고 강한 엄마가 되지는 못할지언정 아기에게 부끄럽지 않게 이 순간순간을 그저 견뎌 내야겠다고.

입원한 지 3일째 되던 날 아침에 아기는 뇌 초음파 검사를 받았다. 태어나면서 이벤트가 있었기에 뇌출혈 등 뇌손상 여부를 확인하는 검사를 받은 거다. 검사 결과는 당일 오후나 다음 날 즈음에 나온다고 했다. 결과를 기다리는 시간 동안 정말 피가 말랐다. 기계적으로 밥을 먹

어느 날 엄마가 되었다

고, 걷기 연습을 하고, 억지로 TV를 보고, 휴대폰을 만지 작거리면서 시간을 흘려보냈다. 너무 울어서인지 눈물은 덜 났지만, 가슴이 너무 답답했다.

예전에도 내가 어쩔 수 없는 높은 시련의 벽을 마주한 적이 몇 번 있었다. 그때마다 나는 한없이 작고 연약하고 초라했다. 그리고 내 힘과 의지대로 할 수 있는 게 많지 않다는 것을 매번 새삼 깨달았다. 그런데 또 까맣게 잊었던 거다. 아기의 건강을 지키기 위해 갖가지 방법을 동원해서 바이러스 감염을 피하고 결국 무사히 출산은 했지만 몇 시간 만에 나의 모든 예상과 계획을 빗나간 일이 발생하고 말았다. '그래 맞아, 인생의 주권은 내게 있는 게 아니었지. 이번에도 그걸 까맣게 잊어버린 나는 내가 모든 걸 해결할 수 있는 것처럼 걱정과 염려에 시간과 에너지를 허비하다가 무방비 상태로 일을 당했구나' 정리되지 않은 생각과 마음이 더딘 회복에 한몫했는지 수술 부위가 다시 너무 아팠다. '하나님, 제가 이번에도 교만했습니다. 정말 잘못했어요. 아기가 건강히 제품으로 돌아올 수 있다면 이런 아픔은 얼마든지 견딜 수

있어요'

마침내 늦은 오후에 소아청소년과 주치의 선생님이 병실로 찾아오셨고 뇌 초음파 검사 결과 별다른 이상이 없다는 기쁜 소식을 들려주셨다. 그제야 나는 미소 지을 수 있었다. 어떤 이들은 고난 중에 하나님께 감사드린다고 하지만 나는 아직 그 경지에 이르진 못했는지 어두컴컴한 터널에서 한 줄기 빛을 보고 나서야 하나님께 감사 기도를 올려 드렸다. 나는 더 열심히 먹고 더 열심히 걸었다.

어느 날 엄마가 되었다

롤러코스터와 같은
나날

퇴원이 하루 앞으로 다가왔는데 조리원 일정이 문제였다. 친정에서 산후조리하는 것이 나와 엄마 모두에게 힘든 일일 것 같아 퇴원 후 3주 동안 조리원에서 지내기로 임신 중기 때 예약해 둔 상태였다. 조리원 규정상 아기가 너무 크면 신생아실 선생님들이 돌보시기가 어려워지기 때문에 산모와 아기는 분만병원에서 퇴원 후 3주까지만 조리원에서 지낼 수 있었다. 조리원에 전화해 아기가 신생아중환자실에 입원 중이라고 말씀드리니 이런 경우가 왕왕 있는지 산모가 먼저 혼자 입소해 지내다가 아기가 퇴원하면 데려와서 남은 기간을 아기와 함께 지내는 게 어떻겠냐고 하셨다.

　전화를 끊고 고민했는데 아무래도 혼자 먼저 들어가 있는 게 너무 괴로울 것 같았다. 또 한편으로는 초산이기에 조리원에서 일주일만이라도 아기와 같이 지내면서 선생님들로부터 아기 돌보는 법을 배우는 게 좋겠다는 생각이 들었다. 그래서 조리원에 다시 전화해 아기가 퇴원한 후 같이 입소해도 될지를 문의드렸고, 감사하게도 사정을 양해해 주셨다.

　병상에 홀로 누워 여러 장치에 의지해 힘겹게 호흡을 하고 있을 아기 생각을 하면 마음이 쓰리도록 아팠지만, 일정을 정리하면서 조리원에서 아기와 함께 시간을 보낼 생각을 하니 기대도 되었다. '나도 다른 산모들처럼 모자동실 시간에 디데이 달력과 함께 아기 사진을 예쁘게 찍어 주어야지, 아기 얼굴을 보며 힘든 시간 잘 견뎌줘서 고맙다고 이야기해 주어야지' 하면서 함께 있는 모습을 상상해 보기도 했다. 그렇게 병원에서의 마지막(인 줄 알았던) 밤을 보냈다.

　　　　　　　　　어느 날 엄마가 되었다

밤새 간헐적 두통으로 끙끙 앓다가 마침내 퇴원일 아침이 밝았다. 나 때문에 제대로 못 주무신 엄마는 아침 식사를 마치신 후 허겁지겁 짐과 보험 서류를 챙기시고 바쁘게 퇴원 절차를 밟으셨다. 의사, 간호사 선생님들께 감사 인사를 드리고 병동을 나서려는데 신생아중환자실 유리문이 보였다. 마음이 아파 차마 오래 쳐다보진 못했다. '아기야, 우리 조금만 더 헤어져 있다가 건강히 다시 만나자' 남편이 휴가를 내 서울로 올라왔고, 병동 출입구에서 나를 맞이했다. 남편의 "우리 여보 고생 많았지"라는 말 한마디에 울음이 터질 뻔한 걸 간신히 참아 냈다. 나는 우리 아기가 저기 있다며 신생아중환자실 쪽을 가리켰고, 남편은 고개를 떨어뜨리며 이미 봤다고 말했다. 남편은 슬픔을 내색하지 않으려 했지만 눈시울이 붉어져 있는 듯했다.

친정집에 가려고 남편 차에 짐을 싣고 조수석에 앉았는데 그때부터 머리가 깨질 듯한 두통이 다시 찾아와 나를 사정없이 괴롭혔다. 전날 밤부터 통증이 있었기에 이번에도 그러려니 했다. 그러나 다음 날 아침에도 상태가 전혀 나아지지 않았고 결국 다시 응급실로 들어가 산부인과 주치의 선생님을 뵈었다.

당시 토요일 오후였는데, 주치의 선생님은 주말 동안 병원에서 안정을 취하면서 상태를 지켜보는 게 좋겠다고 하셨다. 엄마에게 급히 연락드려서 짐을 챙겨 주십사 부탁드렸고, 이번에는 남편이 보호자로 나와 함께 2박 3일을 병원에서 보내게 되었다. 퇴원 하루 만에 재입원이라니. 안 좋은 일들은 한꺼번에 몰려온다더니 과연 그 말이 맞았다. 몸은 괴롭고 힘들었지만 한편으로는 아기와 물리적으로 더 가까워졌다고 생각하니 마음이 조금 넉넉해졌다.

며칠간의 끊임없는 염려와 스트레스가 몸을 피폐하게 만들어 이런 일을 불러일으킨 것만 같아 재입원 기간 동안에는 별생각을 하지 않으려 애썼다. 입원해 있는 동안에도 꾸준히 모유를 유축해야 몸살에 걸리지 않을 걸 알았기에 알람을 맞춰 놓고 낮이나 밤이나 4시간마다 꼬박꼬박 휴대용 유축기로 유축했다. 병실 환경상 설거지나

어느 날 엄마가 되었다

열탕 소독을 제대로 할 수 없어서 유축한 초유를 모두 버렸는데 너무 아까웠다. 아기가 중환자실에 있는 경우, 저장 팩에 모유를 넣고 날짜와 용량을 기입한 후 얼려서 중환자실 앞으로 가져가면 간호사 선생님이 받아 주시고 해동 후에 아기에게 먹여 주실 수 있었다. 그런데 내가 아픈 바람에 귀한 초유를 다 버리게 된 것이다. 어서 회복하고 나가서 한시라도 빨리 모유를 배달해야겠다는 생각이 들었다. 그것밖에 아기에게 해 줄 수 있는 게 없었다.

재입원해 있는 동안 산부인과 의료진분들뿐만 아니라 소아청소년과 의료진분들도 병실로 찾아오셨다. 소아청소년과 주치의 선생님은 아기 소식을 찬찬히 전해 주셨다. 감사하게도 아기는 조금씩 안정을 되찾고 있었다.

하루는 병실에 들어오신 간호사 선생님의 옷에 달린 배지를 무심코 보았는데 "예비 엄마입니다"라고 쓰여 있었다. 얼굴 가림막을 하고 자신의 일에 집중하시는 그 간호사 선생님이 왠지 안타까웠다. '배 속의 아기를 위해 최선을 다해 자신을 보호하며 힘들게 일하시는구나' 나는 조심스럽게 "임신 중이신가 봐요"라고 여쭈었다. "네, 그래서 이런 일을 들으면 남 일 같지 않아요" 임신 기간 동안 겪는 두려움이 얼마나 큰지 잘 알기에 나지막이 응원했다. "꼭 건강한 아기 낳으실 거예요, 걱정하지 마세요" 솔직히 그 간호사 선생님이 정말 부러웠다. 시간을 되돌릴 수 없다는 걸 잘 알면서도 다시 출산 전으로 되돌아가 최대한 안정을 취하고 아기를 건강히 낳고 싶었다.

월요일에 내 상태가 많이 호전되어 퇴원했다. 집에 다시 돌아와서 정신을 차리고 보니 주인 없이 텅 빈 아기 침대가 보여 마음이 쓰라렸다. 나는 모유가 생기는 데 좋다는 미역국을 끼니마다 억지로라도 입에 쑤셔 넣었고 꾸준히 유축해서 양은 매우 적었지만 모유를 차곡차곡 모았다. 남편 휴가 기간 동안에는 남편이 2~3일에 한 번씩 병원으로 모유를 배달해 주었고, 그 외의 기간에는 친정 엄마가 전달해 주셨다. 그때마다 휴대폰에 담긴 아기 사진을 볼 수 있었다. 눈을 감고 콧줄을 낀 채 조그마한 병상에 누워 있는 아기의 모습이 시리도록 가여웠다. 가슴에 흉관을 삽입했다가 뺀 자리에 거즈 같은 것이 붙여져

어느 날 엄마가 되었다

있는 것도 눈에 들어왔다. 어느 날엔 젖병을 통해 분유를 조금씩 마시기 시작한 모습이 담겼고, 다른 날엔 눈을 감은 채로 빙그레 웃거나 하품하는 모습도 찍혔다. 아기가 참 대견했다.

　매일 혹은 격일 아침 11시 즈음에는 담당의 선생님으로부터 전화가 와서 아기의 몸무게, 수유량, 그리고 전반적인 상태에 대해 들을 수 있었다. 그 외의 시간에도 혹시나 병원에서 걸려 온 전화를 놓칠까 봐 항상 내 손에 휴대폰이 들려 있었는데 막상 휴대폰 화면에 '신생아중환자실'이라고 뜰 때면 손이 덜덜 떨렸다. 아기는 한때 폐렴 증상도 보이고 황달 수치도 높았지만, 전반적으로 상태가 천천히 호전되고 있었다. 무엇보다 기흉이 잘 흡수되어 호흡이 차츰 좋아졌다. 날마다 더 좋은 소식이 들려왔지만 내 마음은 바위로 억눌린 것처럼 답답했다. '아기가 건강히 잘 클 수 있을까? 퇴원 후에 또다시 호흡이 불안정해지면 어떻게 대처해야 하지?' 이런저런 생각이 꼬리에 꼬리를 물었다.

그러던 어느 날 친정집 소파에 앉아 창밖을 물끄러미 바라보고 있었다. 나뭇가지가 성난 파도처럼 출렁일 정도로 유난히 바람이 매섭게 불던 날이었다. 혹독한 바람을 견디지 못하고 여기저기로 흩날리는 나뭇잎 사이로 가느다란 나뭇가지 끝에 앉아 있는 참새 한 마리가 눈에 들어왔다. 나뭇가지를 따라 참새도 이리저리 위태롭게 흔들렸지만 마치 누군가가 발을 가지 위에 단단히 고정해 놓은 것처럼 꿋꿋이 앉아 있었다. 그 순간 우리 아기가 그 참새 같다는 생각이 들었다. 우리 아기도 맹렬한 바람 속의 참새처럼 연약하지만 하나님께서 굳건히 지켜 주실 거라는 믿음이 생겼다. 희망을 본 나는 그날부터 엄마와 이모님이 해 주시는 집밥과 가족분들이 보내 주시는 정성이 가득 담긴 음식을 더욱 열심히 먹으며 하루하루를 버텨 냈다.

아기는 태어난 지 꼭 2주 만에 퇴원할 수 있었다. 남편은 다시 휴가를 냈고, 우리 부부가 함께 병원에 가서 아기를 퇴원시킨 후 곧바로 남편이 나와 아기를 조리원에 데려다주기로 했다. 병원에서 아기를 처음 마주했을 때 제일 먼저 들었던 생각은 정말 작다는 것이었다. 준비해 간 신생아용 모자가 어찌나 큰지 아기가 고개를 돌릴 때마다 머리가 모자 안에서 이리저리 돌아다녔다. 손가락과 발가락은 잡으면 부러질 것만 같아 그 마디마디 안에 뼈가 있다는 게 신기할 정도였다. 그 작고 여린 생명체가 세상에 나오자마자 혼자가 되어 몸에 구멍을 내고 관을 꽂으며 여러 날을 외롭고 아프게 보냈을 생각을 하니 마음 한편이 또 시렸다. 그렇지만 이제 아기는 혼자가 아니었다. '아가, 엄마보다 더 강하고 담대하게 잘 버텨 줘서 고마워. 많이 부족한 엄마지만 이제는 네 곁에 엄마가 있을게'

천국인데
천국이 아닌

아기가 퇴원할 즈음에도 코로나19 일일 확진자가 30만 명이 넘었다. 신생아중환자실을 나서는 순간부터 고민이 시작됐다. '만원인 엘리베이터에 아기를 데리고 타야 하나?' 갈등하던 나와 남편은 (지금 생각하면 참 어리석게도) 결국 계단을 택했다. 남편이 아기를 안고 계단을 내려오는데 둘 다 식은땀이 줄줄 흘렀다. 거북이 엄마 아빠는 행여나 아기가 다칠세라 아기 얼굴을 한 번 봤다가 계단 한 번 봤다가 하면서 아주 천천히 내려갔다. '아, 이제 시작이구나. 세상 밖으로 나온 이 생명체를 우리 손으로 보호해야 하는 게' 아기는 우리에게 온전히 의지한 듯 평화롭

어느 날 엄마가 되었다

게 눈을 감고 자고 있었다. 조리원까지 가는 20여 분 동안 남편은 비상등을 켜 놓은 채 조심히 운전했다. 아기의 조그마한 머리가 이리저리 조금씩 흔들릴 때마다 마음이 조마조마했다.

　드디어 조리원 입구에 도착한 우리 부부는 유리 출입문 앞에서 버튼을 눌러 직원분을 호출했다. 잠시 후 실장님이 나오셔서 우리를 반갑게 맞이해 주셨고 나는 남편과 또다시 아쉬운 작별을 해야 했다. 입구에 들어서니 신생아실은 오른쪽에, 산모실은 왼쪽에 위치했고 신생아실은 통유리로 되어 있어서 24시간 동안 산모가 원하면 언제든지 가서 들여다볼 수 있었다. 아기 침대마다 캠도 설치되어 있어서 앱을 통해 원거리에서 지켜볼 수도 있었다. 신생아실 선생님께 아기를 안겨 드린 후 나는 산모실로 안내받았다. 널찍하고 따뜻한 방 안에는 샤워실과 좌욕기를 갖춘 화장실이 있었고, 옷장, 탁자, 1인용 소파, 산모 침대, 아기 침대 등의 가구와 TV, 정수기, 공기 청정기, 전화기, 수유 쿠션 등이 갖춰져 있었다. 조리원 측에서 준비해 주신 아기용 욕조를 비롯한 선물 꾸러미와 대형 유축기도 눈에 띄었다. 창에는 불투명한 시트지가 붙여져 있어서 밖이 보이지 않았지만 방 안이 널찍해서 답답하지는 않았다. 마침내 안도의 한숨을 쉬고 마음속으로 생각했다. '드디어 왔구나. 아기와 나 모두 고생했으니 이곳에서 지내는 동안에는 아무 걱정 없이 편안하게 있었으면 좋겠다'

조리원에서의 하루 스케줄은 정교하게 짜여 있었다. 매일 아침 원장님이 전날 아기의 수유량과 배변 횟수를 포함한 전반적인 아기 상태를 알려 주신다고 안내받았다. 아침 1회, 저녁 1회 각 1시간가량 신생아실 청소를 하시는 동안 모자동실을 할 수 있었고, 그 외에도 모유 수유를 하거나 산모가 원할 때 언제든 모자동실이 가능했다. 산모실 문 앞에 설치된 젖병 소독기 안에 유축용 깔때기와 젖병이 조립되어 있었는데 3~4시간마다 유축하여 신생아실로 젖병을 가져다드리면 선생님들이 수유해 주시고, 모자란 양은 분유로 보충해 주신다고 했다. 방은 매일 청소해 주시고, 하루 세 번 식사와 두 번 간식이 제공되며, 원한다면 문밖에 놓여 있는 상자 안에 빨랫

어느 날 엄마가 되었다

감을 넣어 놓아 세탁을 부탁드릴 수도 있었다. 매일 모유수유실장님이 방에 방문하셔서 산모마사지를 해 주시고, 산모를 위한 전신마사지 프로그램도 따로 마련되어 있었다. 과연 산모들이 조리원을 "천국"이라고 부르는 데는 그만한 이유가 있었다.

짐 가방을 방에 두고 신생아실로 향했다. 신생아실에는 조그마한 아기 침대가 여러 개 놓여 있는 방이 있고 그 옆으로 아기를 씻길 수 있는 개수대가 있는 방이 연결되어 있었다. 원장님을 뵙고 아기 병력, 특이 사항, 수유량 등을 말씀드렸고 원장님은 이런저런 내용을 안내하시며 아기에게 수유하셨는데 과연 자세가 능숙해 보였다. 두세 분의 선생님은 아기들에게 수유를 하시거나 기저귀를 갈아 주시느라 바쁘게 움직이고 계셨다.

안심하고 아기를 부탁드린 후 다시 내 방으로 돌아와 설레는 기분으로 짐을 풀고 있는데 다급한 노크 소리가 들렸다. "산모님, 아기가 청색증이 있어요!" 말씀을 들어 보니 원장님이 아기에게 수유를 마치시고 신생아실 선생님에게 인계하셨는데 아기를 침대에 눕히고 20분 정도 지난 후 아기 입술 주위가 파래졌고 이를 선생님이 발견하셨다는 것이었다. 선생님은 급히 아기 발바닥을 자극하셔서 울게 만드셨고 그제야 호흡이 돌아왔다고 하셨다.

하늘이 무너지는 것 같았다. 설레는 마음으로 조리원에 들어온 지 몇 분이나 되었다고 이런 일이 생긴단 말인가. 급히 신생아중환자실에 전화했더니 또다시 청색증이 있으면 병원으로 데려오라는 답변을 들었다. 전화를 끊은 후 원장님, 선생님들과 상의했고 하루 이틀 더지켜보기로 했다. 그리고 아기 침대 머리맡에는 아이의 호흡이 불안정했었음을 적은 메모지가 붙여졌다.

다른 아기 침대에서는 찾아볼 수 없는 그 작은 종이가 내게는 마치 주홍글씨처럼 느껴졌다. 그때부터 그 주홍글씨가 내 마음에 문신처럼 새겨졌는지 불행하게도 입소한 첫날부터 나는 예민한 산모가 되었다. 하루에도 몇 번씩 밤낮으로 신생아실에 가서 아기가 괜찮은지 선생

어느 날 엄마가 되었다

님께 확인하고, 통유리창을 사이에 두고 아기 얼굴을 살펴고 또 살폈다. 하루에 두 번 모자동실을 할 때는 아기가 숨을 가쁘게 쉰다든지 끙끙거리는 모습을 보이면 의사 선생님께 보여 드려야 할 것 같아 다급히 휴대폰을 들이대고 영상을 찍거나 신생아실 선생님을 방으로 호출하기에 바빴다. 디데이 달력과 함께 예쁘게 사진을 찍어 주자던 내 다짐은 온데간데없었다. 그런 내가 안쓰러우셨는지 원장님과 선생님들은 나를 진정시키려고 애쓰셨다. 선생님들이 아기를 정성껏 돌보아 주셨고 시설이나 서비스에는 별다른 불편함이 없었지만 조리원은 더 이상 내게 천국이 아니었다.

그렇게 불안에 떨던 나를 벼랑 끝으로 내모는 일이 일어났다. 정확히 기억나지 않지만 입소 3일 차 아침이었던 것 같다. 산모실 전화벨이 울렸다. "산모님, 신생아실로 오셔야겠어요" 두근거리는 가슴을 안고 빠르게 걸어 닿은 신생아실에는 의사 선생님으로 보이는 분이 아기들을 한 명 한 명 면밀히 살피고 계셨다. 내가 머물렀던 조리원에서는 소아청소년과 의사 선생님이 주 2회 방문하셔서 아기의 전반적인 상태를 살펴 주신다고 들었는데, 바로 그 선생님이신 것 같았다. 그분의 안경 너머 눈빛이 심상치 않았다. "아기 심잡음이 심한데요?" 그 순간 나는 가슴이 울렁거려 똑바로 서 있을 수가 없었다. '정말 끝이 없구나' 곧바로 신생아중환자실에 전화하니 병원에 있는 동안에는 심잡음이 없었다는 답변이 돌아왔다. 조리원의 소아청소년과 의사 선생님은 촌각을 다툴 정도의 심각한 상황은 아니지만 퇴소 후 병원에 가서 검사를 받아 보는 게 좋겠다고 하셨다. 곁에 계시던 원장님은 조금 더 지켜보고 혹시나 우려할 만한 상황이 발생하면 바로 근처의 대학병원에 데리고 가야 한다고 하셨다.

눈물이 다시 하염없이 흘렀다. 누군가가 송곳으로 내 가슴을 마구 후비는 것처럼 마음이 아팠다. 조리원에 아기의 혈육이 나밖에 없기에 그 모든 상황을 홀로 온전히 감당해 내야 하는 것이 무엇보다 힘들었다. 배우자 출입이 불가한 조리원을 선택한 과거의 내가 원망스러울 정도였다. 그렇지만 마냥 손 놓고 있을 수 없었다. 온종일 눈물 바람으로 지내는 중에도 주기적으로 유축하고, 모

유를 젖병에 담아 신생아실에 가져다드리고, 가족에게
아기의 상태를 알리고 사진과 동영상을 틈틈이 보내고,
병원에 아기 외래 진료를 예약하고, 남편과 아기 이름을
상의하는 등 해야만 하는 일들을 억지로 했다. 몸 관리는
뒷전이었다. 수술 부위 상처를 제대로 돌볼 마음의 여유
가 없었고 입맛이 떨어져 식사는 남기기 일쑤였다. 전신
마사지도 받고 싶지 않아서 방에 있겠다고 한 날이 많았
다. 이렇게 엉망으로 지내다 몸무게를 재 보니 출산 전보
다 체중이 덜 나가는 지경에 이르렀었다.

문득 엄마 생각이 났다. 어렸을 때부터 내게 엄마는
'극강의 문제 해결사'였다. 친구 관계에 어려움을 겪을
때, 공부가 안 풀릴 때, 그리고 진로가 막막할 때 엄마에
게 고민을 말씀드리면 따뜻한 위로나 포옹 대신 엄마 나
름의 해결책을 명료하게 제시해 주셨다. 엄마는 집 안팎
에서 정신없이 쏟아지는 문제들을 신속히 판단하고 정
리하셨다. 그러는 동안 정작 엄마 자신의 마음과 몸은 돌
보지 않으셔서 위병이 만성이 되어 조금만 신경을 쓰시
면 체기가 생기거나 위경련이 일어났다. 회사에 다니시

면서 동네 내과에서 맞으신 수액만 수십 리터일 거다. 솔직히 무서우리만치 이성적이신 엄마가 나는 한때 부담스럽고 버거웠다. 사실 나는 고민 상담이라는 핑계로 엄마와 시간을 보내고 싶었다. 맛있는 것도 먹고, 예쁜 것도 보고, 시시한 이야기도 나누면서 함께 웃고 울어 주시기를 바랐다. 그러나 엄마의 시간은 그걸 쉽게 허락하지 않았다. 수십 년이 지나고 내가 아기를 낳고 어려운 일을 겪은 뒤에야 깨달았다. 엄마는 나와 시간을 보내기 싫으신 게 아니었다. 주어진 일들에 대해서 마땅히 책임을 지시고, 엄마가 아니면 진전이 되지 않는 일들을 피하지 않고 해결해 나가셨을 뿐이었다.

혼자 산모실에 있는 것이 견딜 수 없이 괴로워서 가족과 친구, 지인에게 돌아가면서 전화해 휴대폰을 붙잡고 울었다. 수화기 너머의 따뜻한 기도와 격려에도 여전히 답답한 마음을 어떻게 풀어야 하는지 몰랐다. 문득 정신건강의학과 의사인 고등학교 친구 생각이 나서 무작정 전화를 걸었다. 그 친구도 두 돌이 안 된 아기가 있는 엄마였다. "J야, 우리 아기가 연약하게 태어나서 내가 불안한 마음을 진정하기가 쉽지 않아서 말이야. 이럴 땐 도대체 어떻게 해야 하니?" 친구는 많이 힘들었겠다는 진심 어린 위로의 말과 함께 내가 하는 하나하나의 동작에 집중해 보라고 했다. 물을 마시고 있으면 '내가 지금 물을 마시고 있구나', 세수를 하고 있으면 '내가 세수를 하고 있구나', 음식을 먹을 때면 '내가 이걸 먹고 있구나'라는 식으로. 생각의 속도가 지금 일어나고 있는 일의 속도보다 훨씬 더 빨라서 일어나지도 않은 일을 미리 걱정하고 불행을 자초하는 것을 막아 주는 방법이었다. 전화를 끊고 나서 나는 친구의 조언대로 내가 하는 사소한 동작 하나하나에 최대한 집중하려 애썼다. 그러다 보니 한없이 가라앉았던 마음이 조금씩 가벼워지는 느낌이 들었다. 그렇지만 혼자 지내면서 우울한 생각들을 완전히 떨쳐 내는 게 쉽지 않았다. 차라리 친정집으로 빨리 돌아가고 싶었지만, 조리원 선생님들로부터 배우는 것도 많았기에 애써 참고 견디기로 했다.

하루는 모유수유실장님이 산모마사지를 해 주시러 내 방에 찾아오셨다. 만사가 귀찮았지만 통증이 있어 마지 못해 받겠다고 말씀드렸다. 모유수유실장님은 턱선까지 오는 단발머리를 하신 분이셨는데 말투와 행동이 시원시원하셨다. 상냥하시지는 않지만 따뜻함이 느껴지는 분이셨다. 그분은 모유에 좋은 음식과 나쁜 음식에 관한 설명을 차분히 이어 나가시다가 슬며시 덧붙이셨다. "산모님, 힘내요. 그렇게 우울해하고 걱정하는 마음이 아기에게 고스란히 다 전달돼. 태어나면서 아픈 아기들이 생각보다 많아요. 우리 아이도 어렸을 때 몸에 이상이 있다고 해서 내가 속상해하면서 여러 병원에 데리고 다녔는데 나중에 다 나았어요" 나는 순간 울컥했다. 그분의 말씀이 내게 얼마나 큰 힘이 됐는지 그분은 모르실 거다.

내가 조리원에서 가장 견디기 힘들었던 것은 왜 내게만 이런 일들이 한꺼번에 일어나는지에 대한 억울함이었다. 다른 아기들에게는 없는 주홍글씨가 왜 우리 아기에게만 새겨져야 하는 건가. 그리고 그런 일들로 인해 나날이 어두워지고 예민해져 가는 내 모습도 싫었다. 그런데 모유수유실장님 말씀이 맞았다. 이건 내게만 일어나는 일들이 아니었고 설령 그렇다 해도 시간을 되돌려 그

어느 날 엄마가 되었다

일들을 내 손으로 막을 수도 없었다. 마음이 자꾸만 가라앉아도 적어도 아기에게는 엄마의 웃는 얼굴을 보여 줘야만 했다.

 일련의 일들, 겪지 않았으면 더 좋았을 일들을 하나둘 견뎌 내면서 배운 것은 슬픔이 나와 타인을 연결하는 힘이 있다는 것이다. 한때 나는 기쁨을 깊이 나누는 관계가 슬픔을 공감하는 관계보다 더 단단하다고 믿었다. 나는 오랫동안 근본적으로 사람이란 자기중심적이기에 사촌이 땅을 사면 배가 아프고, 슬픈 소식에 달려와 위로하는 것은 얕은 동정일 뿐이라는 생각을 했다. 그런데 내 마음이 지옥을 다녀오니 생각이 달라졌다. 예전의 내 편견이 사실인 경우도 있겠지만, 많은 경우 나의 슬픔은 타인에게 자신이 아팠던 기억을 상기시키는 것 같다. 아픔을 잘 극복한 사람은 슬퍼하는 자와 그 경험을 나누고 싶어 하고, 아직 완전히 극복하지 못한 사람은 슬퍼하는 자를 위로함으로써 자신의 슬픔을 흘려보내는 과정을 이어 나간다. 심연에 빠진 나는 다른 사람들이 내게 보내는 위로가 얕은 동정이든, 진심에서 우러나오는 마음이든 상관

없었다. 위로의 말 한마디 그 자체로 귀했고, 그 말 한마디가 하루하루를, 아니 일분일초를 견뎌 내는 데 꼭 필요했다.

아기와 나는 조리원에서 일주일 정도를 함께 보냈고, 다행히 아기에게서 청색증은 다시 나타나지 않았다. 두 번째 소아청소년과 회진에서 심잡음이 많이 좋아졌다는 희소식도 들었다. 아기의 이름은 남편이 기도 중에 떠오른 '하은'으로 지었다. 아기의 탄생과 회복, 그리고 그 존재 자체가 우리에겐 '하나님의 은혜'였으니 더할 나위 없이 꼭 맞는 이름이었다. 아기는 엄마에게 걱정하지 말라는 듯이 잘 먹고 잘 누고 잘 지냈다. 아기는 그렇게 씩씩하게 잘 지냈지만 초보 엄마는 아기를 먹이는 법과 안는 법, 씻기는 법을 포함한 퇴소 교육을 받으니 갓난아기 육아가 더 겁이 났다. 앞으로 어떤 시간이 펼쳐질지에 대한 설렘과 두려움을 안고 조리원을 나서서 친정집으로 향했다. 그리고 출산 전에는 상상하지 못했던 여정이 우리를 기다리고 있었다.

어느 날 엄마가 되었다

3

변화하는 일상에
적응하기

누군가의 보호자가
되는 것에 대하여

아기는 건강했지만, 여러 이벤트가 있었기에 출생 후 한동안 외래 진료를 받으러 병원에 다녀야 했다. 조리원에서 퇴소하는 날에도 우리 부부는 갓난아기를 바구니 카시트에 태우고 병원으로 향했다. 퇴소 전날 아기 젖병과 보온병을 급히 조리원으로 주문했고, 감사하게도 신생아실 선생님들이 새로 산 물품을 깨끗이 세척 후 소독해 주셨고 분유 2회분을 꼼꼼히 포장해 주셨다. 조리원을 나설 때 연세가 지긋하신 한 선생님이 초보 부모가 안쓰러우셨는지 문 앞까지 따뜻하게 배웅해 주셨던 게 아직도 기억에 남는다.

갓난아기를 데리고 병원에 다니는 건 예상보다 더 어려운 일이었다. 차를 타고 병원으로 가는 수십 분 동안 행여나 아기가 다칠까 내내 옆에서 아기를 지켜보아야 했고, 가방을 챙길 때는 일어날 수 있는 모든 상황을 고려하여 짐을 꾸려야 했다. 당장 생각할 수 있는 경우만 해도 아기가 소변이나 대변을 보는 경우(기저귀 여러 장, 물티슈), 예상보다 오래 대기해야 해서 대기 중에 분유를 먹여야 하는 경우(한 번 끓였다가 식힌 물을 담은 보온병, 저장 팩에 담은 분유, 젖병+젖꼭지 여러 세트), 아기가 게우거나 토하는 경우(여벌 옷, 가제 손수건 여러 장), 아기를 어딘가에 눕혀서 진찰받는 경우(진찰대에 깔아 놓을 속싸개나 겉싸개), 딸꾹질하는 경우(모자), 수유 시간이 아닌데도 보채서 달래야 하는 경우(공갈 젖꼭지, 공갈 젖꼭지 고정 클립) 등이었다. 이외에도 출생 시 몸무게, 혈액형, 예방 접종 내역 등의 정보가 담긴 아기 수첩과 진료를 위해 필요한 서류, 지갑, 휴대폰, 손 소독제, 마스크는 필수품이었다. 하은이는 수유텀이 2~3시간 정도로 짧은 신생아라 언제 먹여야 할지가 관건이었는데, 수유하고 나서 바로 차에 태우면 게울 수도 있었고 특정 검사의 경우 일정 시간 전에 수유를 마치고 오기를 병원 측에서 요청했기 때문이었다.

이것저것 챙기다 보니 짐이 산더미였고 아기가 너무 어리다 보니 병원에 마련되어 있는 수유실에서 대기하는 날이 많았다. 원래 수유실은 수유할 때만 잠시 들어가서 이용하는 게 원칙이기에 행여나 수유실이 붐비면 우리가 바로 자리를 비켜 줘야 했다. 그런데 다행히도 우리가 병원에 가는 날엔 수유실이 여유로웠고, 하은이가 다른 환아들에 비해 너무 어리기도 하고 코로나19가 한창 유행할 때여서 그랬는지 수유를 마치고 수유실 안에서 대기하고 있어도 의료진분들이나 다른 보호자분들이 양해해 주셨다. 나와 아기는 수유실 안에서, 남편은 수유실 밖에서 대기하는 동안 늘 초조했다. 아기가 언제 칭얼거리고 울지, 언제 대변을 볼지, 혹시나 코로나19 확진자가 근처에 있지는 않을지 알 수 없기 때문이었다. 안절부절못하는 우리와는 상관없이 한없이 늘어나기만 하는 대기 시간 때문에 너무 답답했다.

아기를 낳고 병원에 다니기 전까지 몰랐던 사실 중 하나는 아픈 아이들이 너무나도 많다는 것이다. 하은이와 비슷한 또래의 갓난아기와 스마트폰을 혼자 능숙히 조작할 정도로 큰 아이, 휠체어에 앉은 아이와 이리저리 뛰노는 아이, 말을 할 수 없어서 엄마와 눈빛으로 대화하는 아이와 한시도 가만있지 못하고 재잘재잘 떠드는 아이. 이름과 병명은 달라도 병원에선 모두 "환아"로 불렸다. 내 아기도 아파서 병원에 와 있는데 다른 아이들을 보니 마음이 그렇게 쓰렸다. '왜 이렇게 아픈 아이들이 많을까. 부모들은 얼마나 애가 탈까' 문득 임신 기간 중 언젠가 남편이 내게 한 말이 생각났다. 회사에 있는 육아 선배들이 아기를 낳고 부모가 되면 다른 아이들의 아픔과 상처에 더 민감하게 반응하게 된다고 했다며, 우리도 그렇게 될 거라고 했다. 나는 그 말을 아기를 낳고 머지않아 어린이병원에서 처음 이해하게 되었다.

하나같이 예쁘고 사랑스러운 어린 생명들 곁에 있는 부모의 얼굴을 보았다. 연약한 내 마음과 반대의 마음을 가진 누군가를 찾고 싶어서였는지, 유독 그들의 얼굴은 강

어느 날 엄마가 되었다

인해 보였다. 아이를 향해 너보다 내 마음이 더 아프다고, 대신 아플 수만 있다면 그렇게 하겠다고 이야기하며 울음을 쏟아 내는 대신, 아픈 아이를 보며 미소 짓고, 진료를 거부하고 반항하는 아이에게 지치지 않고 눈을 맞추며 다정하게 달래고 있었다. 의료진의 안내에 귀 기울이며 병원 이곳저곳을 바삐 다니는 모습에 경쾌함은 없었지만, 나약함도 없었다. 누군가의 보호자가 되는 게 그런 강인함을 체화하는 것인지도 모르겠다는 생각이 들었다.

하루는 서로 다른 두 과의 외래 진료가 한 병원에서 예약되어 있었는데, 예약 시간이 4시간가량 떨어져 있어 오래 대기를 해야 했다. 원내 여러 수유실을 전전하며 초조하게 기다리고 있는데 한 어머니가 태어난 지 100일쯤 되어 보이는 여자아기를 데리고 수유실에 들어오셨다. 아기가 여자아이임을 단번에 알 수 있었던 이유는 깜찍한 리본 머리띠를 하고 왔기 때문이었다. 소풍 가는 듯 예쁘게 차려입은 아기는 볼에 살이 통통하게 오르고 눈도 커서 정말 귀여웠다. 어머니는 편한 운동복 차림에 머리를 올려 묶으시고 화장하지 않은 수수한 모습이셨지만 마스크 위로 보이는 큰 눈이 돋보이는 분이셨다.

　그분은 능숙한 손길로 한 손으로는 아기를 받치고 다른 한 손으로는 젖병을 잡고 수유를 시작하셨다. 그 순간 나는 그냥 말을 걸고 싶어졌다. "안녕하세요, 제가 아무것도 몰라서 그러는데요…" 이 말을 시작으로 나는 이것저것 궁금한 것을 쉴 새 없이 여쭈었다. 그분도 나처럼 바짝 긴장한 시절이 있었기에 이해하신다는 듯 차분히 답해 주셨다. 병원 수유실에서 처음 뵌 분께 실례가 되는 행동인 줄 알면서도 반가운 마음에 대화를 멈출 수가 없었다. 내용이 자세히 기억나진 않지만 수유량과 수유텀, 트림시키는 법 등을 여쭈었던 것 같고, 아기가 아팠던 이야기, 아기 키우면서 힘들었던 이야기 등 이런저런 이야기를 나누다 보니 시간이 금방 지나갔다. 주위에 최근에 출산한 친구나 지인이 별로 없다 보니 그분으로부터 귀한 정보를 많이 얻었다. 서울 근처의 도시에서 오신 그분은 아기의 진료를 위해 먼 길을 남편분과 함께 오셨다고 했다. 그분은 상냥하시면서도 힘든 시간을 잘 이겨 내신 듯 특유의 단단함이 있으셨다.

그분은 아기의 진료 차례가 되어 수유실을 나서시면서 "제 연락처라도 드릴까요?"라고 살짝 웃으며 말씀하셨는데 나는 그 기회를 놓치지 않고 연락처를 받았다. 메신저 앱에 뜬 그분의 프로필 사진은 결혼식 사진이었는데, 정말 눈부시게 아름다운 모습이었다. 처음부터 강인한 보호자로 태어나는 사람은 없다. 누군가의 딸로, 신부로, 아름답고 고왔던 시절을 보냈다가, 느닷없이 들이닥친 소중한 이의 병마에 맞서서 하루하루를 살다 보면 화장을 하는지 안 하는지, 어떻게 차려입는지는 별로 중요하지 않게 된다. 자신의 인생에서 그보다 훨씬 더 중요한 존재를 지키기 위해 잠시 그 노력을 다른 곳으로 돌리는 거다.

임신 초기에 남편에게 우스갯소리로 "이제 내 세상은 가고 아이의 세상이 온 것 같아"라며, 내 인생의 주연이 내가 아닌 아이가 되는 것이 어색하고 조금 슬프다고 한 적이 있다. 남편도 동감한 눈치였다. 그리고 나는 얼마 후에 똑같은 이야기를 엄마와 통화하면서 슬쩍 했다. 엄마는 그 이야기를 부인하지 않으시고 내게 말씀하셨다. "그렇지, 그런데 그 자리를 내주더라도 아깝지 않을 만큼 아기가 예뻐" 아기가 태어나고 수개월이 지난 지금, 엄마 말씀에 어느 정도 공감하게 되었다. 만약 이제 막 새 생명을 품은 누군가가 비슷한 감정을 느낀다면 더 자세히 풀어서 말해 주고 싶다. 매 순간 내가 주연이면 어떻게 성장할 수 있겠느냐고. 그리고 설령 영영 주연의 자리를 아이에게 내준다고 해도 나날이 더 사랑스러워지는 주연이 곁에 있는, 빛나는 조연으로 사는 것도 생각보다 억울하지 않다고.

아이의 보호자로서 사는 것이 조연의 삶이라면, 그건 없어서는 안 될, 꼭 필요한 삶이다. 그리고 조연의 역할을 어떻게 그려 나갈 것인지는 온전히 나 자신의 선택에 달려 있다. 돌이켜 보면 나는 겁 많고 걱정 많고 예민한 조연이었다. 돌 전의 아기들은 엄마들이 당황할 만한 행동을 많이 한다. 하은이의 경우 신생아 때는 모로반사와 용쓰기가 심해서 중간에 깨지 않고 통잠을 자는 게 하늘의 별 따기였다. 게다가 급히 먹는 편이라 수유 중에 사레가 자주 들렸으며, 변비도 있어서 볼일을 볼 때 고생을 많이 했다. 조금 더 커서는 발에 땀이 많이 나서 땀띠

어느 날 엄마가 되었다

도 자주 올라왔고, 하루에 몇 번씩 머리를 부르르 떨기도 했고, 온몸에 "으" 하고 힘을 주기도 했고, 배밀이와 혼자 앉는 것, 옹알이도 또래와 비교해 조금 늦었었다. 지금 생각하면 별일이 아니었지만 당시에는 그런 행동들이 나타날 때마다 긴장했고, 혹시 발달이 지연되는 건 아닌지 걱정했다.

불안한 내 손은 쉬지 않고 맘카페와 블로그를 열심히 검색했다. 아니나 다를까 나와 비슷하게 걱정하는 다른 엄마들의 글을 확인할 수 있었는데, 댓글은 정확히 두 그룹으로 나뉘었다. 한편에서는 무시무시한 병명이나, 발달지연, 발달장애를 언급했고, 다른 한편에서는 "우리 아이도 그랬는데 지금은 괜찮으니 너무 걱정하지 마세요"식의 답변이 많았다. '그래서 내 아이는 어느 경우에 속한 거지?' 매번 내 궁금증은 해결이 안 된 채로 머릿속을 둥둥 떠다녔다.

내 결론은? 나처럼 걱정이 많은 보호자는 아이를 데리고 의사에게 가는 것이 속 편하고 정확한 답을 얻을 수 있는 길이다. 뻔한 답인데 이걸 실천하기가 정말 힘들다. 우선 소아청소년과에 한 번 가는 것이 온갖 살림을 하고 아기를 챙기고 돌보는 것만 해도 하루가 빠듯한 엄마들에게는 큰일이다. 요즘 저출산 시대라고 하는데 이상하게 소아청소년과는 항상 붐빈다. 인기가 많은 소아청소년과는 앱을 통해 예약해야 하고 예약을 못 하면 아침 일찍 아이 손을 붙잡고 대기 줄을 서야 한다. 외출 자체도 스트레스인데 내가 원하는 시간에, 내가 원하는 소아청소년과에 아이를 데리고 가기가 힘든 거다. 이에 비해 맘카페를 통한 정보 검색은 즉각적으로 답을 얻을 수 있어서 편리하다. 그러나 맘카페를 통해 얻을 수 있는 정보에는 여러 한계가 있고, 글이나 댓글의 내용이 내 아이에게도 적용될 수 있는지 의문스러워 왠지 석연치 않은 때가 많다. 아이의 발달 상황과 질병 여부를 판단하는 데 있어 정확함은 편리함과는 결코 바꿀 수 없는 것이다.

맘카페에서 얻는 정보가 결코 의미 없는 것은 아니다. 아이를 키우면서 생기는 일상의 고민과 그 해결책, 육아용품 후기 등 경험을 바탕으로 한 좋은 정보를 많이 얻을 수 있고 시간과 돈을 절약할 수 있다. 또한 우리 아이만 이런가 싶어 걱정을 달고 사는 나와 같은 엄마들이 다른 엄마들의 경험담을 읽으며 잠시나마 안도의 한숨을 쉴 수 있게 한다. 다만 병에 대한 진단과 그에 맞는 처방은 신뢰할 만한 의사에게 맡기기를 강력히 권한다. 능력 있는 직장인이 되기 위해서는 기본적으로 회사 안팎의 누구에게 무엇을 물어봐야 할지를 정확히 파악하는 게 관건인 것처럼, 보호자도 신뢰할 만한 채널이 무엇이고, 어느 채널에서 어떠한 도움을 받아야 할지 알고, 그 도움을 받기를 주저하지 않는 자세가 필요하다는 걸 아기를 키우며 깨달았다.

시간에
대하여

내가 임신했을 때 주위 사람들로부터 자주 들었던 말 중 하나가 바로 "애는 배 속에 있을 때가 효자다"라는 말이었다. 임신 중에도 이렇게 힘든데 태어나면 도대체 무엇이 어떻게 더 힘들다는 건지 궁금했다. 그 질문을 지금의 나에게 한다면 나는 이렇게 답할 것 같다. 아기를 낳는 순간부터 모든 일정을 결정할 때 아기를 고려해야 한다고. 내 시간의 짜임과 그에 따른 내 체력의 분배가 내가 아닌 다른 누군가에게 달린다는 게 가장 힘들다고 말이다.

임신 전의 나는 부지런하기로 둘째가라면 서러운 사

어느 날 엄마가 되었다

람이었다. 특히 유학 시절에 시간을 쪼개고 또 쪼개 썼는데, 과제를 하지 않거나 논문을 쓰지 않을 때면 집에 가만히 앉아 있는 게 너무 어색해서 집안일이라도 만들어서 할 정도였다. 시간의 빈틈이 내게 익숙하지 않았다. 한번은 미국으로 친구 Y가 놀러 와서 함께 근처 도시로 여행 갈 계획을 세웠는데 즉흥적으로 갈 곳을 정하는 Y와 달리 나는 지도 앱을 열어 놓고 분 단위로 일정을 짰고 그 모습에 내 친구는 적잖이 충격을 받았었다(아직도 그 친구의 당황한 얼굴이 떠올라 민망하고 미안하다).

시간을 쪼개서 쓰는 게 익숙하다는 건 시간에 대한 주도권을 가지고 생활하는 게 몸에 배었다는 뜻이다. 그리고 여기서 말하는 '시간'은 주로 내 필요와 욕구를 해결하는 시간이었다. 단기적으로 내가 먹고, 씻고, 자고, 청소하고, 일하고, 공부하고, 장을 보고, 누군가를 만나는 등의 행위를 하는 데 소요되는 일상의 시간을 뜻하고, 장기적으로는 내 미래를 설계하는 시간을 포함한다. 나는 그 모든 것을 계획하는 게 몸에 배었을 뿐만 아니라 편안하고 좋았다. 불확실한 하루하루 속에서 시간의 구획을 정해서 그것을 실천하는 것에 보람을 느끼는 사람이었다.

그런데 출산과 동시에 나는 내 필요와 욕구를 해소하는 시간을 상당히 많이 잃어버렸다. 더 정확히 표현하자면 내 시간의 주체가 내가 아닌 아기가 되어 버렸다. 그 이유를 설명하고자 아기를 양육하는 엄마의 일과가 포함하는 것을 나열해 보면 다음과 같다.

- 아기 먹이기(모유/분유/이유식, 간식, 영양제 등)
- 아기와 놀아 주기
- 아침잠/낮잠/밤잠 재우기
- 기저귀 갈아 주기
- 아기 구강 관리해 주기
- 아기 씻기기
- 이유식 만들기
- 젖병/이유식 용기/이유식 조리 도구 세척 · 열탕 소독 하기
- 분유 포트 세척 후 물 채우고 끓이기
- 장난감과 놀이 매트 청소하기

어느 날 엄마가 되었다

- 아기 수건, 옷, 침구 등 빨래하기
- 아기 물품(기저귀, 물티슈 등) 주기적으로 주문하기

위뿐만 아니라 월령별로 장난감이나 책은 어떤 걸 사줘야 할지 고민하고 새로 사는 물품은 어떤 브랜드의 제품이 질이 좋으면서 가격도 합리적인지 파악하기 위해 검색도 한다. 예방 접종이나 영유아 검진을 해야 하거나 아이에게서 이상 증상이 보이면 소아청소년과에도 다녀와야 한다. 하나하나 보면 단순한 것 같지만 위의 모든 걸 하다 보면 하루가 훌쩍 흘러가 버린다. 신생아의 경우 생후 한 달 정도는 수유텀이 불안정해서 하루에 열 번 정도 수유할 때도 있고, 이 때문에 밤에는 2시간마다 한 번씩 깨야 한다. 아기가 먹고 씻고 자는 것이 내가 먹고 씻고 자는 것보다 중요해지면서 아기의 필요와 욕구를 해소하는 시간이 내 일상을 채웠고, 그것은 곧 내게 있어 책임과 의무를 다하는 시간이 되었다.

이쯤에서 누군가는 생각할 거다. '그거야 아기 엄마라면 당연히 해야 할 일 아닌가? 그 정도도 할 각오가 되어

있지 않으면서 엄마가 된 건가? 무엇이 그토록 불만스러운 건가?' 나도 아기를 낳지 않았다면 그렇게 생각했을지 모른다. 그런데 이 모든 걸 단단한 각오 없이 맞닥뜨린 내 탓인지 모르겠지만, 아기를 낳은 그 순간부터 내 시간의 열쇠를 내주는 것이 나는 무척이나 힘들었다. 한동안 생각했다. '어렸을 때부터 혼자 자란 탓에 내 시간을 온전히 다른 사람을 위해 보내는 게 익숙하지 않아서 그런가(그렇지 않은 외동들도 많지만…)? 내가 긴 유학 기간 동안 혼자 시간을 계획하고 보내는 생활에 익숙해져서 그런가? 내가 체력이 좋아서 같은 시간 내에 보다 많은 일을 처리하고 자투리 시간을 나 자신을 위해 사용할 수 있었다면 심적으로 덜 힘들었을까?' 나는 그 모두가 원인의 조각들이라고 잠정적으로 결론지었다. 나는 엄마가 되면서 내가 익숙했던 일상의 시간 패턴을 대폭 바꿔야 했다. 그리고 나는 그 변화가 낯설었고, 무엇보다, 싫었다. '싫었다'는 표현이 냉정하게 들릴지 모르지만, 가장 정확하다.

내게 변화는 늘 힘들고 낯설고 어려웠다. 부모님을 따

라 초등학생 때와 고등학생 때 각각 몇 년을 외국에서 살게 되어 출국했을 때도, 수년이 흐른 후 박사 과정생으로 미국 유학길에 올랐을 때도 누군가에게는 화려해 보이고 자유로워 보일 수 있는 새 출발이 내게는 적잖은 부담으로 다가왔다. 머나먼 이국땅에서 새로운 걸 보고 배우고 느끼고, 나와 다른 배경에서 나고 자라고 나와는 다른 생각을 하는 여러 사람을 만나는 건 분명 나를 설레게 했고 동시에 겸손하게 만들었다. 그러나 그 모든 일에는 많은 에너지가 소비되었다. 때로 내가 옳고 유일하다고 믿었던 것들이 타인에게는 쉽게 용납하기 어려운 것임을 깨달았고, 내가 간절히 원했던 무언가가 누군가에게는 하찮은 것임을 알게 되었으며, 내가 충분히 노력하면 누군가에게 내 마음이 닿을 수 있을 거라고 생각한 게 큰 착각이었음을 배웠다. 나는 그곳에서 긴장한 이방인이었고 외로웠고 혼란스러웠다.

그 어지러운 날들 속에서 내가 유일하게 통제할 수 있었던 게 바로 시간이었다. 누구에게나 똑같이 한정적으로 주어지는 시간이지만, 내가 어느 때에 무엇을 하며 보넣지 정할 수 있었다. 감사하게도 내가 누릴 수 있는 사치였다. 내가 누구이고, 무엇을 좋아하고, 무엇을 싫어하는지, 무엇과 타협할 수 있고, 무엇과는 절대 타협할 수 없는지를 최대한 고려해서 내 계획대로 시간을 채우며 생각을 정리해 나갔다. 그리고 지금 생각하면 부끄럽게도 나는 그 시간 속에서 나 자신이 꽤 괜찮은 사람으로 성장하고 있다고 생각했다.

엄마가 되고 나니 시간이 내 손에 잡히지 않았다. 나와 어깨를 나란히 하던 시간이 저 멀리 나를 앞질러 가서 나를 질질 끌고 가는 느낌이었다. 당장 아기를 위해 해야 할 일들이 내 앞에 놓여 있고 내 손으로 그것들을 직접 해결하지 않으면 아이에게 나쁜 일이 일어날 것만 같은 불안감이 엄습했다. 아기가 태어난 직후 큰일을 겪어서 그런지 걱정 많은 성격에 불안감이 더해져 마음이 조급하고 답답하기 일쑤였고, 누군가에게 아기를 맡기고 나만의 시간을 갖는 게 내게는 불가능한 일처럼 여겨졌다. 아기의 건강을 걱정하느라 산후조리를 제대로 하지 못한 탓에 만날 픽픽 쓰러져 잠들면서도 내가 아기에 관한 모든 걸 챙기려고 하니 몸이 힘들고 시간도 부족해서 작은 실수와 예기치 못한 사소한 일에도 무척이나 예민해졌다.

　마냥 예쁨을 받는 어린아이에서 성장하여 공부와 주어진 과제를 성실히 하는 학생으로 지내다가, 자신의 길을 개척해 나가는 사회인으로 거듭나고, 그 여정 중에 사랑하는 누군가를 만나 아내가 되고 엄마가 되어 가는 과정. 그 과정은 내가 오랫동안 꿈꿨던 것이었다. 그런데 그 모든 삶의 변화 가운데 엄마로의 변화가 가장 낯설고 힘들었다. 지금 생각해 보면 그 이유는 내가 나 자신이 아닌 다른 존재를 위해 시간과 물질, 체력을 여지없이 써야 하기, 아니 써야 한다고 생각하기 때문이다. 그리고 많은 사람이 "넌 엄마이니까 그게 당연해"라는 태도를 보이며 엄마들의 책임감에 무게를 더한다. 물론 양육자로서 엄마의 역할은 두말할 것 없이 중요하며, 아이를 기르며 (특히 어린아이의 경우) 시간의 우선순위를 아이에게 내주는 것도 (누군가는 부정하겠지만) 자연스럽다고 생각한다. 그런데 그걸 하루아침에 아무런 부담과 감정의 요동 없이 받아들일 수 있는 사람이 몇 명이나 있을까?

아이에게 맞춰져 끌려가던 내 시간에 브레이크가 걸린 사건이 있었으니 바로 내가 그토록 두려워하던 코로나19 감염이었다. 어이없게도 가족 중에 가장 조심하던 내가 가장 먼저 감염되었고, 나를 시작으로 아기와 친정 부모님까지 모두 걸려 버린 것이다. 다행스럽게도 당시 5개월이었던 아기가 가장 회복이 빨랐다. 친정 부모님도 잔기침과 무기력함 등 후유증을 앓으셨지만, 예상보다는 원만히 넘어가시는 듯했다. 문제는 나였다. 아기가 아플 때는 바짝 긴장해 있어서 그랬는지 내 몸이 아픈 줄 모르고 지내다가 아기가 회복할 즈음부터 물먹은 솜처럼 축 처져 기력이 없고 환후각 증상(내가 제일 싫어하는 담배 냄새가 한동안 나를 쫓아다녔다)까지 나타났다. 체력이 바닥을 치자 이러면 안 되겠다 싶은 마음에 제 발로 한의원에 찾아갔다.

한의사 선생님은 진맥을 하시고 내 얼굴을 살펴보시더니 많이 무기력한 것 같다고 하셨다. 나는 부인하지 않왔다. 진료실 한편의 책장에 놓인 사진을 보니 그분도 어여쁜 따님이 있으신 듯했다. 그분도 임신과 출산을 겪으셔서인지 나를 애처로이 쳐다보며 말씀하셨다. "아기와 떨어져 있는 게 많이 불안하시죠? 그래도 아기를 누군가에게 몇 시간이라도 맡길 여건이 되신다면 잠시 떨어져 혼자만의 시간을 가지셔야 해요. 집 앞에 산책이라도 하러 가세요"

몸과 마음이 바닥을 치는 시점에 낯선 분에게서 들은 그 한마디가 그렇게 와닿을 수가 없었다. 나는 내가 아이에게 하나부터 열까지 다 챙겨 줄 수 없음을 머리와 마음으로 인정하고 몇 시간만이라도 친정 부모님, 이모님, 혹은 남편에게 아이를 맡기고 육아 외의 시간을 갖기로 마음먹었다. 나는 한의원에 다녀오고 나서 몇 주 뒤 잔뜩 가라앉은 몸을 이끌고 헬스장에 가서 수업을 신청했다. 그리고 끔찍이도 싫어하는 운동을 억지로라도 했다. 체력을 조금씩 회복하면서 시간에 끌려가며 파묻혔던 나를 조금씩 건져 내야겠다는 생각이 들어서 오롯이 나를 위한 시간을 차츰 늘려 가기로 했다.

먼저 퍼스널 컬러 진단을 신청했다. 오랫동안 색과 색의 조화에 대해 관심이 많았던 나는 내게 맞는 색이 무엇인지가 무척 궁금했다. 하지만 느닷없이 닥친 코로나19와 일로 인해 좀처럼 확보하기 어려웠던 시간 그리고 내 기준에서는 상당히 비싼 상담 비용 때문에 선뜻 예약하지 못했었다. 그러다 임신과 출산 후 옷의 태가 변하면서 여러 벌의 저렴한 옷을 돌려 입기보다는 내 체형에 맞는 양질의 옷을 몇 벌 사서 오래 입어야겠다는 생각이 들었고, 그러려면 우선 내게 어울리는 색상을 알고 그에 맞춰 옷을 사야겠다고 마음먹었다. 모처럼 혼자만의 외출에 사춘기 소녀처럼 부푼 마음을 안고 상담을 시작했는데 고민했던 게 무색할 만큼 결과는 대만족이었다. 놀랍게도 나는 그동안 내 피부 톤과 맞지 않는 색상의 옷을 주로 입고 있었다. 상담 이후 내 피부 톤에 맞는 색상을 고려해서 옷을 고르고 구입하니 더 만족스럽기도 했다.

다음으로는 꼭 가 보고 싶었던 미용실에 가 보았다. 직장인 시절, 동료의 새로운 헤어스타일이 정말 예쁘고 마음에 쏙 들어서 어느 미용실에 다녀왔냐고 슬쩍 물어보니 입소문으로 유명한 모 미용실에 다녀왔다고 했다. 그 때부터 언젠가 나도 꼭 그 미용실에 가 보고 싶다는 생각을 하고 있었다. 아기가 어느 정도 자라서 누군가에게 맡기고 장시간 홀로 외출하는 것에 대한 심적 부담이 덜 해지자 무작정 그 미용실을 예약했다. 머리 손질에 생각보다 시간이 오래 걸린 탓에 마음이 조급해지기도 했지만 어쩌다 한 번, 따스한 햇볕이 들어오는 미용실에 앉아 간식과 차를 대접받으며 머리를 다듬고 있으니 무릉도원이 따로 없는 듯했다. 거울에 비친 내 모습을 그렇게 오래 바라본 게 너무 오랜만이어서 어색했지만, 그만큼 오롯이 내게 집중할 수 있어서 좋았다. 완성된 머리는 내가 기대한 것과는 조금 달랐지만, 비용은 전혀 아깝지 않았다.

진솔하게 마음을 나눌 수 있는 몇 안 되는 친구들에게도 먼저 연락해서 맛있는 밥도 먹고 차도 마셨다. 각기 다른 모양으로 살고 있지만 각자의 위치에서 열심히 지내고 있는 친구들의 이야기를 들으면서 나도 마음을 다잡아야겠다는 생각이 들었고 내 답답한 마음을 조심스럽게 내보이면서 위로도 받았다. 친구가 내 삶을 완벽히 이해할 수는 없겠지만 내 이야기에 고개를 끄덕여 주는 것만으로도 큰 힘이 되었다. 부모, 형제, 배우자가 채워 줄 수 있는 마음의 공간과는 다른, 같은 또래의 속 깊은 친구만이 채워 줄 수 있는 공간이 있다는 걸 다시금 깨달았다.

가족분들이 내게 데이트 신청을 해 주시기도 했다. 시어머님은 육아에 허덕이는 며느리가 안쓰러우셨는지 하루 함께 외출해서 즐거운 시간을 보내자고 먼저 연락해 주셨다. 성탄절 분위기가 가득한 시내에서 어머님은 내게 겨울 날씨를 견디게 해 줄 포근한 외투를 선물해 주시고 친정 엄마와 이모님 선물까지 챙겨 주셨다. 미리 혼자 여러 상점을 둘러보시며 어느 외투가 내게 잘 어울릴지 고민하셨다는 말씀을 들으니 며느리를 향한 어머님의 진심 어린 배려가 마음에 고스란히 전해졌다. 나의 고모는 내 생일을 축하해 주고 싶으시다며 평소에 가 보고 싶었던 식당에서 맛있는 점심을 사 주셨다. 고모는 내가 갓난아기일 때부터 나를 봐 오시며 인생의 어려운 시간을 지날 때마다 늘 함께 기도해 주시고 헤쳐 나갈 힘을 주신 분이시다. 식사하시면서 내가 아기를 낳고 기르는 모습이 참 대견하다고, 누구보다 잘하고 있다며 격려해 주셨는데, 그 말씀이 큰 위로가 되었다. 항상 내가 아이에게 시간을 쏟아붓는 입장이기에 누군가가 나를 위해 기꺼이 자신의 시간을 할애하는 게 얼마나 소중한 일인지 새삼 깨달았다. 나도 내 가족과 주위 사람들이 삶에 지칠 때 그를 기억하고 시간을 내어 힘이 되어 주어야겠다는 생각이 들었다.

남편과도 둘만의 시간을 보내고자 함께 노력했다. 한 달에 한 번 정도 주말이나 남편 휴가를 활용해서 아기를 친정 부모님이나 이모님께 맡기고 맛있는 점심이나 저녁을 먹고 함께 거닐며 많은 이야기를 나눴다. 짧은 시간 동안의 외출이지만 친정집이라는 공간을 벗어나 육아와 관련된 문제와 고민, 복잡한 감정에 대해 솔직히 나누면서 남편의 의견을 묻고 생활의 어려움을 공유했다. 출산 이후 장기간 주말부부가 된 우리에게 그 시간은 참으로 소중했다. 상대방의 문제가 더 이상 개인의 문제가 아닌

'우리'의 문제임을 받아들이는 과정이었다. 그렇게 우리
는 점차 부부가 되어 갔다.

그밖에 나는 잠깐씩이라도 나가서 서점에 들러 책 구
경을 하고, 조촐한 혼점(혼자 점심 먹기)을 하고, 다른 사
람들이 살아가는 모습을 구경했다. 다른 사람의 손을 전
혀 빌릴 수 없어 독박 육아를 하는 엄마들에 비하면 나
는 정말 (친한 언니 D의 표현을 빌리자면) '럭셔리'한 육아
를 하고 있었지만 자주, 장시간 외출할 수는 없었다. 하
루 종일 집에 있어야 하는 날에는 친정 엄마와 이모님께
양해를 구해 오후에 몇 시간 동안이라도 출산과 육아로
미뤄 놓았던 학술지 논문 수정을 하고, 이 책의 원고를
썼다. 그렇게 나는 아기를 중심으로 돌아가는 삶에 틈틈
이 혼자만의 시간을 끼워 넣어 시간의 주도권을 찾고자
애썼다.

그런데 아이가 점점 더 자주 나를 찾기 시작하면서 내
가 혼자 외출을 하거나 방에 들어가 일할 때 아이의 표
정이 일그러지는 걸 종종 보게 되었다. 두 팔 벌려 내게

안아 달라며 우는 아이를 보면서 딸과 떨어져 보내는 시간만이 '온전한 내 시간'이라고 인식하는 게 장기적으로 봤을 때 과연 바람직한 것인지 되돌아보게 되었다.

어렸을 적의 나는 늘 바쁘신 엄마가 야속했었다. 엄마는 바쁘신 중에도 나와 시간을 보내시기 위해 최선을 다하셨지만, 그래도 내 마음속에는 늘 엄마에 대한 그리움과 목마름이 있었다. 나는 엄마가 사 주시는 장난감보다 엄마와 함께 보내는 시간을 더 간절히 원했다. 내가 어렸을 때, 당장 다음 날 학교에 가져가야 하는 준비물을 사러 이모님과 문방구에 다녀오라는 엄마의 말씀을 듣지 않고 엄마가 퇴근하실 때까지 기다렸다가 가게 셔터 내리기 직전에 헐레벌떡 다녀오기 일쑤였다. 엄마는 아직도 그 일화를 말씀하시며 "정신없이 퇴근하고 같이 문방구에 가느라 너무 힘들었다"라고 고백하시지만, 사실 나는 내 나름대로 엄마를 향해 처절하게 애정을 표현한 것이었다. 그렇게라도 하지 않으면 나는 엄마와 함께할 수 있는 시간이 얼마 없을 것 같았다.

딸에게서 어릴 적 내 모습을 본 이후, 아이와 함께 보내는 시간도 '내 시간'임을 천천히 받아들이려 노력 중이다. 물리적으로 혼자 떨어져 있는 시간도 필요하고 중요하지만, 아이와 함께 보내는 시간도 귀중하다는 것을, 그리고 그 시간이 모이고 축적되어 우리 모녀의 관계가 만들어진다는 것을 되새기며 말이다. 내 마음대로 시간을 통제하기 어려워졌다는 것, 그리고 홀로 보내는 시간이 줄어든다는 것은 그만큼 귀하고 중요한 존재가 내 삶에 들어왔다는 뜻일 거다. 초롱초롱한 눈으로 나를 바라보며 안아 달라고 손짓하는 어여쁜 아이를 내 품 안에 꼭 안을 수 있는 시간이 내게 주어짐에 감사할 따름이다.

일에
대하여

사실 이 장을 쓰는 게 가장 고민스러웠다. 이유는 간단하다. 일과 육아를 어떻게 양립할 수 있을지에 대해 아직 분명한 답을 내리지 못했기 때문이다. 더 풀어서 이야기하자면 어느 기관에 소속되어 일할지, 독립연구자로 계속 지낼지, 아니면 지금까지 해 온 일과는 다른 새로운 일을 시작할지, 아이를 누군가에게 맡긴다면 아이가 몇 개월일 때 맡길지, 누구/어떤 기관에 맡길지, 하루 중 몇 시간을 맡길지를 고민하고 있다. 중요한 것은 이 모든 문제에 대한 답 그 자체가 아니라, '결정을 받아들일 마음의 준비가 되어 있는지'일 것이다. 내 생각에 지금 당장은 하은이가 너무 어리기에 돌보미나 어린이집에 아이를 맡기고 풀타임으로 직장에 다니기는 어려울 것 같다. 하은이가 말과 행동으로 좋음과 싫음의 의사 표현을 분명히 할 수 있는 월령이 되면 조금 더 안심하고 누군가에게 맡기고 일할 수 있을 것 같다. 결과적으로 현재 나는 어디에도 소속되어 있지 않은 채 친정에서 하은이를 양육하고 있다. 그리고 얼마 뒤 다시 '우리 집'으로 내려가기 전에 어떠한 방향으로든 결정하게 될 것이다.

아이를 갖기 전에 일을 계속할지 그만둘지는 내게 선택의 문제가 아니었다. 공부든 일이든, 내가 하고자 한 것이든 내게 맡겨진 것이든, 나는 늘 무언가를 했고 스스로 만족할 만한 결과물이 나올 때까지 나를 몰아붙였다. 그렇게 해야 마음이 불안하지 않았고 그렇게 살아야만 시간을 낭비하지 않고 내 소임을 다하는 거라고 생각했다. 그런데 돌이켜 보면 일'만' 열심히 했던 게 오히려 독이 되었던 것 같다. 나는 열심히 일하면서도 내가 어떻게 일을 해야 하는지 그리고 내게 일이 무슨 의미가 있는지 깊이 생각해 본 적이 별로 없었다. 내가 하는 일에 가치를 부여한답시고 일을 하는 행위 그 자체에 매달렸다. 그러다 보니 내게 일하는 것은 보람차고 즐겁게 목표를 달성하는 과정이라기보다는 주어진 자원을 활용해 정해진 기한 내에 잘 마쳐야만 하는 '의무'에 가까웠다. 내 인생에 있어서 일이 무엇을 뜻하고 왜 중요한지를 잘 인지하고 있었다면 일과 육아를 어떻게 병행할 수 있을지 조금 더 빨리 명료한 답을 내놓지 않았을까?

앞에서 잠시 언급했듯 나는 아이를 가진 후 얼마 안 되어서 연구원 일을 그만두었다. 왕복 3시간의 출퇴근 거리와 임신 후 찾아온 몸의 변화, 코로나19 감염 위험 등 여러 요인이 있었지만, 가장 큰 이유는 임신한 몸으로 내 일을 내 기준에서 제대로 해내지 못할 것 같았기 때문이었다. 임신 초기부터 몸이 쉽게 지치고 졸음이 몰려와 집중하기가 점점 더 힘들어졌고, 일 처리도 내 몸과 같이 축 늘어져서 내 성에 찬 결과물이 나오지 않았다. 그런 나 자신이 낯설어서 견디기가 힘들었다. 일을 그만두고 나서 얼마 후 친정 부모님이 내 거주지 근처의 회사로 취직을 준비하는 게 어떻겠냐고 권유하셨을 때 거부

감이 들었던 이유도 취직이 되더라도 점점 떨어지는 체력과 집중력으로 일을 제대로 해내지 못할 걸 알았기 때문이었다.

이쯤에서 눈치챘겠지만 나는 적어도 일에 있어서는 완벽주의자다. 나의 강력한 강점이자 치명적인 약점인 이 완벽주의는 언제부터인가 일에 대한 나의 태도를 점령해 버렸다. 일의 본래의 의미가 사라지고 완벽주의를 추구하는 게 일이 된 것이다. 그렇게 해서 성과는 어땠느냐고 묻는다면 (유감스럽게도) 내 주관적인 기준에 대체로 만족스러웠다. 그래서 완벽주의를 끊어 내기가 더더욱 힘들었다. 그런데 일의 성과와는 다른 측면에서 부작용이 나타났다. 맡은 일은 흠 없이 깔끔하게 잘 해내야 한다는 생각에 새로운 일을 시작하는 게 내게 적잖은 부담으로 다가왔고, 일이 생각대로 풀리지 않으면 쉽게 낙심했다. 일하다 보면 미처 생각하지 못한 변수로 이곳저곳에서 문제가 생기는 게 다반사다. 직선으로 빨리 갈 수 있는 길을 뻔히 알면서도 시간을 들여 구불구불 돌아가야 할 때도 많다. 그런데 내 완벽주의 성향은 여러 예기

어느 날 엄마가 되었다

치 못한 상황에 유연하게 대처하는 걸 방해하거나, 문제를 풀어 나갈 때 지나치게 많은 에너지를 소비하게 했다. 그리고 임신을 하면서 급기야 '완벽하게 해내지 못할 거라면 아예 일을 맡지 말자'라는 어리석은 생각을 하기에 이르렀다.

일과 육아의 양립 문제를 풀기 위해서는 제일 먼저 완벽주의를 버려야 함을 깨달았다. 예전처럼 완벽하게 일을 처리하는 그 자체가 내 목표가 된다면 절대 일과 육아를 병행할 수 없을 것 같다. 기본적으로 일과 육아는 각각 많은 에너지와 시간이 들어가는 활동이며, 애초에 어느 것 하나 완벽하게 해내기 어렵다. 시간과 체력이 무한정으로 허락되어 일도 완벽하게 하고 육아도 완벽하게 해낼 수 있다면 이상적이겠지만, 현실에서는 자원이 한정되어 있어서 허덕이곤 한다. 그러므로 일을 하면서 아이를 키우려면 타인과 조직에 피해를 주지 않으면서 일을 효과적이면서도 효율적으로 하는 방법을 끊임없이 강구하고 믿을 만한 누군가에게 아이를 일정 시간 맡겨야 할 것이다. 그리고 최선을 다해서 일과 육아에 임하더라도 대비하지 못한 문제가 발생할 수 있음을 감안하고, 그러한 문제가 생기면 그 상황에 맞게 지혜롭게 처리하면 된다는 담대함이 있어야 할 것이다.

이렇게 뻔하고 당연한 이야기를 받아들이고 실천하기가 매우 어려운 이유는 오늘날 미디어나 SNS에서 '완벽한 엄마들'이 너무 많이 보이기 때문일 수도 있다. 자신의 분야에서 높은 수준의 전문성을 갖추고 있으면서 맡은 일마다 척척 성공적으로 처리해 내고, 바쁜 일정 틈틈이 자기 관리도 철저히 해서 누가 봐도 아름다운 외모를 가지고 있고, 퇴근 후에는 아이와 최선을 다해서 교감하고 아이의 필요를 빈틈없이 메꿔 주는 그런 엄마들이 왜 그렇게 많아 보이는 것인지. 물론 열정을 갖고 열심히 살고 타고난 재능과 뼈를 깎는 노력을 바탕으로 성공한 완벽에 가까운 엄마들은 분명히 존재한다(그리고 그들은 박수받아 마땅하다). 문제는 나는 결코 그렇게 될 수 없을 거라고 지레짐작해 좌절하거나 어느 정도 일을 할 수 있는 여건이 되고 일을 하고 싶음에도 '완벽하게 해내지 못할 것이므로 아예 시작도 하지 말아야겠다'는 소극적인 자

어느 날 엄마가 되었다

세를 취하는 거다.*

  일과 육아를 대하는 완벽주의적 태도뿐만 아니라 다니고 싶은 직장이나 하고 싶은 업무에 대한 이상도 버리기가 쉽지 않다. 아이를 갖기 전까지 해 온 일을 생각해 볼 때, 내게 있어 이상적인 형태의 직장과 업무는 대학이나 연구 기관에서 일하며 내가 수년 동안 해 온 연구를 이어 나가거나 내가 알고 있는 지식을 누군가에게 전하고 공유하며 발전시키는 것이라고 생각한다. 그러나 앞서 밝힌 바와 같이 나는 아이를 맡기고 풀타임으로 일을 하기에는 아직 시기적으로, 그리고 심리적으로 이르다는 판단을 했다. 그렇다면 적어도 한동안 나는 일을 '어쩔 수 없이' '완전히 포기'하고 육아에만 전념해야 하는 걸까?

  문득 내가 다니고 싶은 직장이나 하고 싶은 업무에 대한 이상을 잠시 내려놓고 내게 '일'이 무엇을 의미하는지

---

  * 여러 사정상 본인의 의사와 상관없이 육아에 전념해야 하는 경우나 반드시 풀타임으로 일을 해야 하는 경우는 여기에서 다루는 문제와는 엄연히 다른 경우일 것이다.

를 다시 돌이켜 봐야겠다는 생각이 들었다. 내가 속한 사회가, 그리고 타인이 정의하는 일이 아닌, 과연 내게 일이 무엇을 뜻하며 왜 중요한지를 재고해야 했다. 그러면 내가 이 과도기적 상황에서 어떻게 한 발짝 내디딜 수 있을지 실마리가 보일 것 같았다.

아기를 낳고 처음 몇 개월간 오로지 육아에 전념하면서 들었던 생각은 '나는 육아 외의 일이 하고 싶고 내게 그런 일이 필요하다'는 것이었다. 나는 아이를 정성껏 양육하는 것도 중요하다고 생각하고 엄마로서 마땅히 감당해야 할 육아의 책임이 있다는 걸 부정하지 않는다. 다만 내게는 더 다듬어 나가고 싶은 생각의 영역이 있다. 그리고 내 경우 그 생각의 영역은 분석과 글쓰기라는 활동을 통해 확장되고 깊어진다고 느낀다. 또한 그러한 활동을 하면서 다른 사람과 교감하고 생각을 발전시키며 누군가에게 도움을 주는 것이 매우 흥미롭고 보람찰 뿐만 아니라 하나님께서 내게 허락하신 기회와 건강과 능력으로 꾸준히 이어 나가야 할 사명이라고 믿는다. 내 생각의 영역이 넓어지면 하은이가 바라보는 세상도 함께 넓어질 수 있지 않을까?

　이렇게 일의 의미에 대한 생각이 어느 정도 정리되고 나니 육아에 전념했던 몇 개월이 일에 대한 시각을 정립하게 해 준 소중한 시간이라는 것을 깨달았다. 오랫동안 일이 '경력적으로 한 단계 올라가기 위해 완벽하게 성공적으로 처리해야만 하는 것'으로 느껴졌다면, 이제는 일이 '내 생각의 영역을 확장할 수 있는 기회의 장'으로 여겨진다. 그리고 이 장의 첫머리에서 나열한 여러 문제에 대한 답을 찾아가고 있는 과도기적 상황에서 내가 할 수 있는 '일의 범위'에 대해 조금 더 유연하게 생각할 수 있게 되었다. 구체적으로, 당장 이상적인 직장에 다니거나 업무를 하는 것이 어려운 상황이라면, 나 스스로 정립한 일의 의미와 필요에 맞는 일의 '형태와 내용'이 무엇일지 고민해 보고, 비록 거창한 것이 아닐지라도 처한 여건에 맞는, 내가 할 수 있는 일을 다시 시작해 봐야겠다는 마음이 들었다.

　일의 형태는 일의 내용과 긴밀한 관계가 있기에, 여러

요인을 고려하여 특정한 일의 형태를 선택하면 그에 따라 할 수 있는 일의 내용에 제약이 따른다는 것은 감안해야 한다. 하은이가 아직 어리고 곁에서 세세히 챙겨 주어야 할 것이 많지만, 이제는 어느 정도 커서 몸도 가누고 아장아장 걷기도 하며 먹을 수 있는 음식도 분유만 먹던 신생아 시절보다는 훨씬 더 다양해졌다. 그리고 정말 감사하게도 친정 부모님이나 이모님이 하루 중 몇 시간 동안은 아이를 온전히 돌보아 주실 수 있다.

이런 상황에서 나는 파트타임 형태로라도 연구를 이어 나갈 수 있겠다는 판단을 하게 되었다. 연구 주제와 관련된 현장에 직접 가서 관찰하고 분석하거나 연구 대상과 대면하며 장시간 인터뷰를 하거나 여러 사람을 섭외해 포커스 그룹을 진행하는 연구를 수행하기는 어렵겠지만, 내가 할 수 있는 범위 내에서 연구를 이어 나가기로 했다. 그 첫걸음으로 임신 전에 문헌 조사, 분석 및 논문 작성을 어느 정도 진행했지만 완전히 마치지 못한 연구를 재개했다. 정말 감사하게도 함께 연구했던 분들이 임신과 출산, 육아로 인해 재개가 늦어진 나의 상황을

어느 날 엄마가 되었다

양해해 주셨고, 내 가족과 이모님은 내가 다시 연구를 시작할 수 있도록 아이를 정성껏 돌보아 주셨다. 나는 몇 달간 하루에 2~3시간씩 책상에 앉아 자료를 찾고 논문을 수정하여 마침내 학술지에 제출했고, 현재는 심사 결과를 기다리고 있다. 비록 미미한 시작이었지만 일을 다시 할 수 있는 게 감사했고, 뿌듯했다.

두 번째로 시작한 일은 이 책을 집필하는 것이었다. 생활 속에서 깨달은 생각의 조각들을 정리해 글로 옮기는 것은 연구 활동과는 다르지만, 내가 정립한 '내게 의미 있는 일'의 개념에 부합한다. 아기를 낳고 기르며 느끼는 감정에 대해 솔직하게 써 내려가면서 엄마라는 새로운 정체성과 출산을 기점으로 전환된 여러 인간관계에 대한 생각이 점점 더 깊어지고 있음을 느낀다. 또한 이 책을 통해 육아라는 세계에 처음 발을 내디딘 엄마들에게 나의 좌충우돌 경험담을 공유하고 그들과 교감하며 더욱 성숙한 엄마로 성장하고 싶다. 조금 더 욕심을 부리자면 이 책을 제일 먼저 읽게 될, 사랑하는 가족과의 관계가 더욱더 친밀해지기를 기대한다.

이 장을 마치기 전에 두 가지를 분명히 말하고 싶다. 첫째는 일과 육아가 양립하기 위해서는 육아에 참여하는 모든 사람 간의 협력이 중요하다는 것이다. 엄마(엄마가 주 양육자가 아닌 경우 다른 주 양육자를 대입해 생각하면 된다)가 육아 외의 일을 하루 동안 혹은 주중 몇 시간 동안 하려면 가족을 포함한 주위 사람들이 엄마의 필요를 이해하고 육아에 적극적으로 협력해야 한다. 이 조건이 성립되지 않는다면 엄마는 육아 외의 일을 아예 할 수 없거나 죄책감과 같은 심리적 압박감을 느끼면서 일을 할 수밖에 없다. 내 경우 일을 하고자 자리를 비울 때 가족과 이모님이 하은이를 돌보아 주셨고, 내가 일을 하는 것에 대해 모두 진심으로 응원해 주셨기에 특정 시간 동안에 집중하여 일할 수 있었다.

맞벌이 부모의 경우에는 부모와 아이에게 일어날 수 있는 여러 문제 상황을 미리 생각해 대책을 세우고, 가족을 포함하여 아이를 돌보는 모든 사람 간의 적극적인 협력이 필요하다. 어린이집에 맡긴다고 해서 모든 육아의 문제가 해결되지 않는다. 당장 아이가 아파서 어린이집

어느 날 엄마가 되었다

에 갈 수 없고 가정 보육을 해야 하는 상황인데 부모 중 그 누구도 조퇴할 수 없거나 휴가를 낼 수 없다면 어떻게 할지, 부모가 늦게까지 야근해야 하는 상황에는 누가 아이를 밤 동안에 챙길지 등 여러 경우의 수를 따져 보고, 그 상황에 따라 누가 어떻게 육아에 참여할 수 있을지를 미리 생각해 봐야 한다. 그리고 육아에 참여하는 모든 사람은 서로 존중하고 배려하며 상대에게 상처를 주지 않도록 노력해야 한다. 육아는 그 행위 자체도 중요하지만, 행위에 깃든 감정 또한 무척 중요하다.

둘째로, 육아를 하는 것 자체만으로 만족하고 그 외의 일을 굳이 하고 싶지 않은 경우, 엄마(혹은 다른 주 양육자)는 자신이 육아에 전념하는 것에 대해 자부심을 가져야 한다. 육아는 그 자체로 에너지와 시간, 정성이 많이 들어가는 '일'이다. 또한 귀한 한 생명이 타고난 개성과 재능을 적절히 발휘하면서도 사회의 구성원으로서 잘 적응하며 살아갈 수 있도록 길을 안내하는 고난도의 '일'이다. 누군가가 아이를 키우며 전업주부로 사는 것에 대해 "논다"거나 "시간을 허비한다"고 표현하는 것은 옳지 않다. 특정 형태의 보상을 받지 않는다는 이유로 육아 활동을 하찮게 여기는 건 시대착오적 발상이라고 생각한다. 내가 해야 할 필요를 느끼는, 내가 하고 싶은 '일'에 대한 정의는 사람마다 다르며, 육아 또한 의미 있는 '일'이다.

어느 날 엄마가 되었다

4

관계에 대한
생각의 변화들

부모님에
관하여

나는 더 이상 누군가의 딸만이
아니라는 것을 받아들이기

내가 임신 중이었을 때 이미 출산과 신생아 육아를 마친 육아 선배 중 몇몇은 엄숙한 말투로 내게 경고했었다. "아기 키우면서 아마 친정 엄마랑 많이 부딪치게 될 거야. 그래도 잘 버텨" 사실 나는 육아를 하면서 엄마와 잘 지낼 자신이 있었다. 우리 모녀의 관계는 내가 석사 과정생이었던 10여 년 전부터 차츰 가까워져서 내가 박사 과정생으로 유학 중이었을 때는 내 속마음을 엄마에게 가감 없이 털어놓을 정도로 애틋하게 되었다. 그렇게 오랜 시간 천천히 쌓아 올린 관계가 육아로 인해 한순간에 변할 수 없다고 생각했다. 그런데 돌이켜 보니 나 스스로를 과대평가했던 거 같다.

　반항기 충만했던 고등학교 시절이 지난 후 나는 부모님 말씀에 강력하게 반기를 든 적이 없었고, 취업이나 유학에 관한 결정을 할 때도 부모님과 큰 마찰이 없었다. 부모님 눈에 비친 딸은 세계 이곳저곳을 돌아다니며 공부하고 일하면서 독립적으로 생각하고 생활할 줄 알며, 때로는 놀라울 만큼 대담하게 행동하고, 자신에게 주어진 과제를 책임감 있게 완수하는, 제법 자랑스러운 존재였을 것이라고 생각한다. 그런데 딸이 아기를 낳더니 엄마와 아빠가 자랑스러워하던 모습은 온데간데없고 아이가 태어나자마자 한동안 아팠다는 이유로 극도로 예민하고, 아이가 또다시 아플까 봐 늘 노심초사하고, 육아로 인해 지치고 힘들다는 핑계로 부모님의 희생과 헌신에 감사하기보다는 그것을 당연한 것으로 여기는, 하루하루 더 낯설게 느껴지는 괴짜 철부지가 되어 버린 거다. 아마 한동안 엄마와 아빠는 손녀를 얻고 딸을 잃은 기분이 드셨을 것 같다.

어느 날 엄마가 되었다

엄마와 아빠는 나를 안쓰러워하셨지만, 육아를 하며 점점 더 예민하게 변해 가는 내 모습을 견디기 힘들어하셨다. 엄마와 아빠는 이렇게 생각하셨을 것이라고 짐작한다. '감사하게도 아기가 어려운 시간을 잘 견디고 다 나았는데 왜 그렇게 긴장하고 불안해할까? 아이를 마음껏 예뻐할 수 있는 환경이 마련되어 있는데 왜 불만이 가득할까? 아이와 함께 놀며 보내는 시간이 아기용품을 깨끗이, 완벽하게 세척하는 것보다 훨씬 더 중요하다는 걸 왜 모를까? 엄마가 되었으면 아기를 위해서라도 더 마음을 굳게 먹어야 하는데 왜 자꾸 나약한 모습을 보일까?'

반면에 나는 나를 이해하지 못하시는 부모님이 야속했다. '그렇게 아끼시던 딸이 깊은 늪에 빠졌다가 다시 헤어나기 위해 애쓰고 있는데 왜 이해해 주지 못하실까? 엄마라는 타이틀의 무게에 매일 허덕이는 딸이 안타깝지 않으신가? 아이의 위생을 신경 쓰는 것도 아이를 돌보는 것의 일부인데 왜 우선순위가 잘못되었다고 하실까? 어떻게 하루아침에 의연한 엄마가 되기를 바라실까?' 한동안 나는 미운털이 단단히 박힌 미운 오리 새끼가 된 기분이었다. 그토록 아늑했던 친정집이 더없이 낯설고 외롭게 느껴졌다. 그리고 그 낯선 감정 때문에 마음이 괴로운 나를 조금이라도 알아 달라는 듯 나는 엄마와 아빠에게 지극히 사소한 일로 화도 참 많이 냈다.

스스로가 쌓아 올린 감정의 벽에 갇혀 친정집에서의 하루하루를 힘겹게 버텨 내던 어느 날, 한 프로그램에 출연하신 KAIST 정재승 교수님의 동영상을 우연히 보게 되었다. 교수님은 사람이 태어난 이후 부모, 형제자매, 배우자, 자녀, 친한 친구처럼 자신과 가장 가까운 사람에게 가장 많이 화를 내는데 이에 과학적인 이유가 있다고 설명하셨다. '나를 인지하는 뇌의 영역'과 '타인을 인지하는 뇌의 영역'이 있는데 나와 가까운 관계일수록 상대방이 '나를 인지하는 뇌의 영역'에 가깝게 저장되어 있다는 거였다. 특히 우리나라 사람들의 경우, '나'를 인지하는 뇌의 영역에서 '엄마'도 인지하여 나와 엄마를 동일시해 생각하는데, 이 때문에 엄마라는 존재를 내 마음대로 통제하고 싶어 하고, 이것이 잘 이루어지지 않을 경우 불

SBS '집사부일체' 215회(방송일 2022. 04. 10.)

어느 날 엄마가 되었다

같이 화를 낸다는 설명이었다. 그 영상을 보고 나서 머리를 망치로 한 대 맞은 것처럼 멍한 기분이 들었다.

  과연 그러했다. 엄마와 아빠는 결코 나와 동일한 존재가 아니시며, 나를 사랑하시지만 나를 완벽히 이해하시거나 내가 원하는 대로 생각하고 행동하셔야 하는 존재는 더더욱 아니셨다. 엄마와 아빠는 나를 안쓰럽게 여기실 수 있지만 내 혼란스러운 생각과 감정의 호소에 온전히 동조하실 이유가 없었다. 이미 수십 년간 부모의 역할을 수행하신 분들과 이리저리 흔들리는 초보 엄마의 육아 지침이나 우선순위, 만족스러운 육아의 기준이 서로 같을 수 없었다. 두 분은 이미 오랫동안 수없이 많은 시행착오를 거쳐 부모로서 아이를 양육하는 관점을 확립하시고 그를 실행하는 데 필요한 지혜를 쌓으셨기 때문이다. 그런 의미에서 이미 능숙한 부모이신 엄마와 아빠에게 이제 막 아기를 낳고 기르면서 생각이 어지러운 나를 온전히 이해해 주시기를 바라는 건 (타임머신을 타고 수십 년 전으로 돌아가서 초보 부모이셨던 엄마와 아빠를 뵙지 않는 한) 불가능한 것을 기대한 건지도 모른다.

부모님과 나 사이의 갈등의 근본적인 원인은 '부모님이 기대하신 하은이 엄마로서의 내 모습'과 '실제 내 모습' 간의 차이에 있었다고 생각한다. 결혼과 출산의 과정을 거친 나는 더 이상 부모님의 딸만이 아니었다. 한 사람의 아내이자 한 아기의 엄마이기도 했다. 부모님의 보호를 받는 대상이 아닌, 배우자와 협력하여 아이를 보호하고 돌보는 위치에 있었다. 그렇기에 자연스럽게 부모님은 딸이 그 역할을 적시에 잘 수행해 낼 것을 기대하셨으리라. 그런데 나는 그 익숙하지 않은 역할을 아기를 낳고 곧장 잘해 내기가 힘들었고, 솔직히 버거웠다. 마치 내가 계속 학생인 줄 알았는데 하루아침에 교사가 되었다는 걸 깨닫고 허둥지둥하는 모양새였다. 나는 인정해야 했다. 엄마와 아빠는 내게 어엿한 엄마의 역할을 능히 해낼 것을 기대하셨고, 나는 그 기대에 때맞춰 부응할 수 없었다. 생각해 보면 그 두 가지 모두 누구의 잘못이 아닌, 자연스러운 일이었다.

이렇게 곰곰이 풀어서 생각해 보니 마음이 조금은 편안해졌다. 갈등의 원인이 누구의 옳고 그름, 누가 누구의 본질을 미워하는 것에 있다기보다 모두가 바라는 특정 지점(내가 성숙한 엄마가 되는 것)에 도달하는 속도의 차이에 있다는 걸 깨달았기 때문이었다. 갈등의 상황을 최대한 빨리 벗어나기 위해, 그리고 하은이를 위해 하루아침에 내가 성숙한 엄마로 변신하여 나타나면 정말 좋겠지만, 솔직히 그럴 수 없다는 걸 이제는 안다. 그렇지만 어제의 나보다는 나은 엄마가 되기 위해 할 수 있는 일이 무엇일지 고민하다가 부모님이 하은이를 대하시는 모습을 더 유심히 관찰하게 되었다. 내가 하은이 엄마로서 부모님을 육아의 스승으로 바라보게 된 거다. 시대가 바뀜에 따라 사회에서 요구하는 부모상이 달라졌다고 하더라도 아이를 사랑하고 그 사랑을 잘 표현하는 게 부모가 할 일 중 가장 중요하다는 건 변함이 없다. 그렇기에 부모님이 좋은 육아의 스승이 되실 수 있다는 점에 대해서는 의심하지 않는다.

엄마와 아빠가 하은이와 함께하시는 시간에는 가슴 뭉클한 반짝반짝함이 있다. 하은이를 바라보시는 눈빛에는 아이의 과거와 현재, 미래까지도 그리워하고 보고 싶어 하시는 깊은 애틋함이 담겨 있다. 아이를 안으시는 손길에는 부드러운 배려로 가득하다. 아이의 손을 잡고 걸으시는 발걸음에는 기다림이 배어 있다. 아이에게 건네시는 말씀 한마디 한마디에는 온기가 가득한 다정함과 상냥함이 느껴진다. 짜증과 우울함은 그 어디에서도 찾아볼 수 없다. 무관심도, 터무니없는 기대도 없다. 아이가 이 세상에 존재하고 함께 같은 공간에 있는 것만으로도 충분히 행복하시다는 마음이 아이의 이름을 부르시는 엄마와 아빠의 목소리를 통해 전해진다. 엄마와 아빠는 그 모든 것을 내게 알려 주고자 조언하시지만, 말로 담기에는 너무 크고 넘치는 것들이다. 그러한 말의 한계 때문에 나는 부모님의 조언을 섣불리 한낱 잔소리로 치부해 버린 것인지도 모른다.

가끔은 육아와 관련한 부모님의 조언에 반감이 들 때도 있었다. 그런데 어느 정도의 시간이 흘러 왜 반감이 들었는지 깨닫게 되었다. 친정 부모님과 함께 아이를 양육하는 게 어려운 이유 중 하나는, 나-아이와의 관계에 나-부모님과의 관계가 투영된다는 거였다. 부모님의 조언에는 본인이 딸과의 관계에서 아쉬우셨던 점을 딸이 손주와의 관계에서 되풀이하지 않았으면 하시는, 아쉬움이 섞인 바람이 담겨 있었다. 반면 나는 나와 부모님과의 관계에서 채워지지 못했던 부분을 내가 하은이와의 관계에서 이뤄 내기를 원하시는 게 왠지 부당하다고 느껴졌다. 그런데 생각해 보면 지금의 내가 헤매듯, 우리 부모님도 육아가 정말 힘들고 어려우셨을 거다. 엄마가 "내가 해 본 일 중에 가장 어려운 일이 아이를 키우는 거야"라고 말씀하신 건 우스갯소리가 아닌 걸 잘 안다. 오랜 세월 동안 시행착오를 겪으며 얻으신 지혜를 딸이 너무 힘들게 돌고 돌아 깨닫지 않기를 바라시는 마음이리라 짐작한다. 나날이 더 빠른 속도로 흘러가는 것 같은 시간을 붙잡으실 수 없기에, 그 지혜를 딸에게 서둘러 아낌없이 전해 주고 싶으신 것 같다.

엄마는 내게 오랫동안 "너도 너랑 똑같은 딸 낳아 봐야 알아!"라고 귀에 못이 박히도록 말씀하셨다(그리고 과연 말에 힘이 있는지 나는 나와 똑 닮은 딸을 낳았다). '무엇을' 알게 된다는 건지 예전에는 대충 짐작만 했다. 나의 철없음과 어리석음, 엄마의 섭섭함과 서러움 정도가 아닐까 하고. 그런데 아기를 낳고는 그게 무엇을 의미하는지 조금 더 명확해졌다. 부모는 맞서고 판단해야 할 상대가 아니라 당장 완벽히 이해되지 않더라도 말씀을 귀담아들어야 할 존재라는 것, 그리고 부모의 조언은 비난이 섞인 잔소리가 아니라 지난날의 경험과 아쉬움, 안타까움에서 나오는 한탄이라는 것을 말씀하시고 싶으셨던 게 아니었을까.

시간이 흘러서 나와 하은이가 친정집을 떠나고, 아이가 커서 사춘기를 겪고, 학교를 졸업해 사회로 나가 자신의 길을 걸어 나가는 모습을 보며 나는 엄마와 아빠가 하은이를 사랑하신 순간순간을 종종 떠올릴 것 같다. 기도 삽관을 한 하은이의 모습이 담긴 휴대폰 속 사진을 내가 차마 쳐다보지 못했을 때 엄마가 대신 보시면서 아기가 정말 귀엽고 예쁘다며 휴대폰 화면을 쓰다듬으시던 모습. 늦은 저녁까지 할아버지를 손꼽아 기다리는 손녀를 향해 "하은아!" 하고 부르시며 퇴근 후 집에 들어오시던 아빠의 다정한 목소리. 나는 내 마음 깊은 곳에 저장해 놓고 두고두고 꺼내어 보려 한다.

어느 날 엄마가 되었다

배우자에
관하여

서로를 신뢰하며 변화하고
성장하는 과정을 인내하기

결혼을 생각하기 전 애인을 찾는 시기와 가정을 꾸려야
겠다는 생각이 들어 배우자를 찾는 시기를 비교해 보면,
전자의 경우에 본인이 어떤 이성을 만나기를 원하는지
가 더 분명한 것 같다. 전자의 경우, 대체로 별다른 부담
없이 호감이 가는 이성의 외모, 성격 등을 술술 읊는다.
그런데 후자의 경우는 다르다. 평생을 함께할 상대에 대
한 기대가 크기도 하고, 결혼을 경험해 보지 않은 이상
어떤 사람과 함께 가족이라는 울타리를 단단히 세울 수
있을지 감이 오지 않기 때문이다. 내가 기대하는 배우자
의 능력과 외모뿐만 아니라 20~30년 정도를 서로 모르

고 지내며 성장하는 동안 빚어진 성품, 서서히 자리 잡은 가치관과 경제관, 취미와 관심사, 미래의 목표와 더불어 인간관계로부터 받았던 상처와 아픔 그리고 그로부터 형성된 방어 기제 등을 얼마나 이해하고 (이해하지 못한다면) 받아들일 수 있을지에 대해 뚜렷한 답을 내리기란 쉽지 않다. 결혼을 '일생일대의 중요하고도 어려운 결정'이라 칭하는 것도 이런 복잡한 기준이 얽히고설켜 있기 때문일 것이다.

나 역시도 결혼 전에 어떤 배우자를 만나고 싶냐는 질문에 바로 대답하기가 어려웠다. "함께 신앙생활을 할 수 있는 사람이면서, 좋은 남편이자 아빠, 사위가 될 수 있는 사람이면 좋겠다"는 상당히 뻔하고 두루뭉술한 답을 했던 것 같다. 그런 뻔한 답을 말하면서도 구체적으로 어떤 사람이 그러한 기준에 부합할 수 있는지는 자세히 설명하지 못했다. 그래서 그냥 '나'와 잘 맞고, '내가' 불편하지 않을 것 같은 성격, 가치관, 취향, 외모 등을 가진 사람이면 좋겠다고 생각했다.

어느 날 엄마가 되었다

곰곰이 생각해 보면 이런 막연한 생각은 사실 '내가 꽤 괜찮은 사람'이라는 자신에 대한 평가에 기인하는 것 같다. '나는 이 정도로 괜찮은 사람이니, 나의 이러한 수준에 걸맞은 그 누군가를 찾아 별다른 갈등 없이 평생 함께하고 싶다'는 생각 말이다. 이러한 관점은 암묵적으로 상대의 단점이나 약점은 '내가 무시할 수 있을 만큼 별문제가 되지 않는 것'이거나, '내가 능히 보완할 수 있는 정도의 것'이어야 한다는 잣대를 함축한다. 비슷한 맥락에서, 많은 사람들이 '아직 깎아지지 않은, 언젠가는 빛을 발할 원석'보다는 '아주 정교하게 다듬어진 보석'과 같은 사람을 배우자로 만나기 원한다. 함께 맞춰 나가고 변화하며 성장하는 과정은 고통스럽고 부담스러우며 상당한 시간이 걸리기에, 내가 봐도 '괜찮고' 누가 봐도 '괜찮은', 결혼 전에 좋은 배우자가 될 준비가 충분히 되어 있는 사람을 만나고 싶어 한다.

물론 여러 면에서 출중하고 훌륭한 배우자를 만나고 싶어 하는 건 당연한 일이다. 그(그녀)는 나의 남편(아내)일 뿐만 아니라 아이의 부모가 될 사람이며, 나와 함께 평생 가족이라는 중요한 공동체를 꾸려 나가야 할 사람이기 때문이다. 그리고 나 자신에 대해 높은 자존감을 갖는 것도 (실제로 악한 사람이거나 성격적으로 큰 결함이 있는 사람이 아닌 이상) 어느 정도 바람직하다고 생각한다. 그런데 만약에 '꽤 괜찮은 사람'이라는 자신에 대한 평가가 처한 상황에 따라 상당히 가변적이라면 어떨까? 나 또한 결혼 전에 좋은 배우자의 자질을 두루 갖춘 사람을 만나기를 원했고 감사하게도 그런 사람을 만났지만, 출산과 육아의 과정을 겪은 현시점에서 과연 내가 그런 배우자를 당당히 찾고 원할 만큼 '괜찮은 사람'인지 묻는다면 더 이상 쉽게 답할 수 없을 것 같다.

육아는 내가 지금까지 해 본 일 중 단연 가장 힘든 일이다. 비록 짧았지만 회사 생활도, 박사 학위 논문 작성도 육아보다는 수월했다. 나는 출산과 육아의 과정을 통해 내가 생각했던 것보다 나 자신이 체력적, 정신적으로 훨씬 더 연약하다는 것을 깨달았다. 아이를 돌보느라 제대로 먹지도, 자지도, 씻지도 못하는 날들이 이어지면서 스트레스에 취약하고, 타인에게 너그럽지 못하고, 내가

어느 날 엄마가 되었다

가치 있다고 믿는 것들(예를 들면 원만한 가족 관계)을 지켜 내지 못하는 나 자신을 맞닥뜨리게 되었고, 거울에 비친 내 모습은 나날이 더 낯설게 느껴졌다.

　그렇게 힘든 육아가 역설적으로 큰 복인 이유는 나에 대해 '냉철한 객관화'를 할 수 있는 계기를 만들어 주기 때문이다. 나는 육아를 통해 내가 '꽤 괜찮은 사람'이라는 스스로에 대한 평가가 철저히 무너지는 경험을 했다. 그러한 상황에 내몰리게 되니 남편이 이러이러한 배우자면 좋겠다는 생각이 들기보다 과연 나는 그에게 어떤 배우자인지를 돌아보게 되었다. 또한 남편이 내게 무엇을 해 주었으면 좋겠다고 바랐던 것들, 그리고 해 주어야 마땅하다고 생각한 것들을 더 이상 당연하게 여기지 않게 되었다. 그가 아이와 집에 관련된 일을 내가 말하지 않아도 척척 처리해 주기를 바라면서 과연 나는 그가 필요를 말하기 전에 늘 미리 알아서 제대로 그를 챙겨 주었던가? 그가 회사 일로 피곤해도 티를 내지 않고 즐겁게 아이를 돌보아 주고 나를 배려해 주기를 원하면서 나는 육아로 지친다는 핑계로 그와 아이에게 감정을 실어

이야기하지 않았던가? 아이가 태어나고 한동안 아팠을 때 그가 심적으로 흔들리지 않기를 바랐으면서 정작 나는 눈물로 하루하루를 지새우고 걱정과 근심으로 가득 찬 얼굴을 하지 않았던가?

다른 측면에서, 나와 달라 잘 맞지 않는다고 생각한 그의 성격의 단면이 때때로 내게 도움이 된다는 걸 깨달은 적도 있었다. 성격이 급해 해결해야 하는 일이 있으면 즉시 시작해서 빨리 처리해야 직성이 풀리고 일이 잘 마무리될 때까지 염려하는 나와는 달리 남편은 상당히 느긋하고 낙천적이다. 결혼한 후 남편이 회사 일로 바쁘거나 별로 급한 일이 아니라고 판단해 내가 부탁한 일을 바로 처리해 주지 않을 때가 간혹 있었는데 이때마다 내가 남편에게 여러 번 상기시키는 게 조금은 힘들었다. 그런데 육아를 하다 보면 항상 시간에 쫓겨서 해야 할 일을 계획한 시간 내에 못 하기 일쑤인데, 내가 이러저러한 일을 원하는 시간 내에 하지 못해서 스트레스를 받을 때 그는 단 한 번도 나를 비난하거나 재촉하지 않았고, 오히려 조금 더 시간을 갖고 찬찬히 처리해도 된다고 다독여 주었

어느 날 엄마가 되었다

다. 나중에 돌이켜 보았을 때 그 일들을 성급하게 처리했으면 큰 탈이 났을 거라는 걸 깨닫게 되면서 남편의 느긋함이 고맙게 느껴졌다.

또한 남편은 타인이 겪고 있는 문제에 대해서 뚜렷한 해결책을 제시하거나 강력하게 설득하기보다는 그의 말을 잘 들어 주고 스스로 문제에 대한 답을 찾아가도록 도와주는 게 바람직하다고 생각한다. 반면에 나는 누군가 내게 어떤 문제를 놓고 상담을 청하면 단시간 내에 분명한 해결책을 제시해 주어서 그 사람이 빨리 근심스러운 일에서 빠져나올 수 있도록 하는 게 좋다고 본다. 나는 육아를 하면서 선택의 순간 앞에 서 있을 때 남편이 분명하게 어느 한쪽으로 답을 말해 주고 이끌어 주길 바랐다.

그런데 문득 내가 아이를 키우며 문제에 맞닥뜨렸을 때 내가 어떻게 해야 하는지, 내가 어떻게 하고 싶은지에 대해 어느 정도 머릿속으로 알고 있다는 걸 깨달았다. 해결책은 잘 알고 있지만 내 체력과 정신적 성숙도의 한계로 인해 실행에 옮기지 못하는 게 많았다. 돌이켜 보면 남편은 나의 이런 상황을 잘 파악하고 있었던 것 같다. 그는 내가 선택을 앞두고 의견을 물을 때에 어느 한쪽이 다른 쪽보다 월등히 낫다고 답하며 나를 강력하게 설득하는 대신, 내가 고민하는 포인트를 정리해 둘 중 하나를 선택했을 때 포기하거나 부담해야 하는 부분을 설명했고, 내가 결정을 내린 후에는 그것을 잘 실행할 수 있도록 기꺼이 도와주었다. 남편의 이러한 도움 덕분에 육아를 하면서 부딪히는 여러 선택의 문제들을 내가 충분히 고민하고 하나하나씩 결정하면서 해결해 나갈 수 있다는 자신감이 생기게 되었다.

비슷한 이야기로, 결혼 후 적응이 필요했던 부분 중 하나가 남편이 자신의 기호나 선호와 같은 의견을 강력하게 피력하지 않는다는 점이었다. 사실 이 덕분에 결혼 준비 과정이 상당히 순조로웠는데, 남편은 (그의 표현을 빌리자면) "대세에 지장이 없는 한" 내 선택에 대해 가타부타 말하지 않았고 웬만해서는 내 뜻을 따라 주었다. 처음에는 '남편이 뚜렷하게 좋아하거나 선호하는 게 없나 보다'라는 심각한 오해를 하기도 했는데, 함께하는 시간이 늘어날수록 남편은 자신이 좋아하는 걸 표현하는 데 매우 신중한 사람임을 알게 되었다. 이러한 남편의 성격은 우리 부부의 갈등을 예방하는 데 효과적이었지만 때때로 결정의 무게가 나에게 과도하게 지워지는 것 같아 부담스러울 때가 있었다. 그런데 육아를 함께 하면서 이러한 남편의 신중한 표현 방식이 오히려 내가 절대 타협하지 못하리라 생각했던 관점을 바꾸게 했다.

일례로, 하은이가 태어난 후 한동안 아팠다는 이유로 나는 돌 즈음까지 아이의 위생과 청결에 대해서 극도로 예민했다. 나는 내가 만족스러운 특정한 방식으로 아이를 씻기고 아이의 용품을 세척했고, 조금이라도 더럽다고 여겨지는 것이 아이의 몸에 닿거나 입으로 들어가는 것에 매우 민감했다. 남편이 아기용품을 세척하거나 아기를 돌볼 때도 내가 하는 방식을 그대로 따라 해 주기를 요구했는데, 남편은 의문을 제기하거나 반발하지 않고 하나하나 그대로 따라 주었다. 그런데 문득 나도 매번 지키기 힘든 복잡한 매뉴얼을 묵묵히 다 지키는 모습을 보면서 내가 그에게 너무 가혹하고, 이 모든 게 지나치고 과하다는 생각이 들었다. 그의 침묵과 동조가 오히려 나를 다른 방향으로 설득시킨 거다. 나는 지나친 강박을 조금씩 내려놓기 시작했고 그렇게 조금 느슨해져도 아이가 건강히 잘 자라는 걸 보았다. 아직 내가 쌓아 올린 벽을 완전히 부수지는 못했지만, 확실히 예전보다는 덜 예민한 것 같다.

만약 남편이 내가 해야 할 일을 미룬다고 여겨 나를 다그치고 내가 답을 이미 알고 있는 문제에 대해 계속 그만의 해결책을 제시하고 그것을 실행하지 못하는 나를 어리석다고 판단했다면 어땠을까? 나는 더욱 무기력해졌을 거고 대화를 피했을 것이며 우리 사이는 걷잡을 수 없이 멀어졌을지도 모른다. 남편이 나의 '예민보스 기질'에 대해 거세게 비난하고 그에게 편한 방식을 고집했다면 어땠을까? 나 스스로 내 강박적인 행동이 너무 지나치다는 걸 아무런 부부 사이의 갈등 없이 자연스럽게 깨달을 수 있었을까? 아마 그렇지 못했을 거다. 그냥 나를 믿고, 지지해 주고, 더 흐트러지지 않도록 곁을 지켜 주는 것만으로도 나는 그에게 참 고마웠다. 근본적으로 배우자는 서로의 인생의 해결사나 교사가 아닌, 동반자이다.

아기를 낳고 키우면서 배우자를 바라보는 관점과 부부 관계를 유지하는 데 노력이 필요한 부분에 대해 깨달은 점이 있다. 전자와 관련하여, 내가 다소 불편하게 느꼈던 상대의 단점이나 약점은 동전의 양면처럼 관계의 윤활유가 될 수 있다(물론 반대로 상대의 장점이나 강점이라고 여겼던 것들이 관계에 비수를 꽂을 수도 있다). 따라서 나와 맞지 않는 부분에 대해 섣불리 판단하고 비난하기를 삼갈(적어도 보류할) 필요가 있다. 후자와 관련하여, 부부는 각각의 개개인이, 그리고 그 둘의 관계가 계속 변화하기에 그 변화가 부부간의 갈등으로 이어지지 않으려면 상대방에 대한 인내와 신뢰가 무엇보다 중요하다(물론 인내하고 신뢰받을 만큼 친밀한 관계가 되도록 서로 노력해야 하는 건 당연지사다).

사람은 평생 다져지고 깎아지며, 완성형의 배우자로 결혼 생활을 시작하는 건 사실상 불가능한 일이다. 또한 배우자로서, 부모로서 성숙함에 이르는 속도도 저마다 다르며, 직선보다는 곡선을 그리며 성장한다. 육아를 통해, 그리고 인생 전반의 크고 작은 일들을 통해 나와 배우자 모두 변화할 것이며, 그 변화의 속도와 경로가 서로 다를 수 있다는 걸 인정해야 한다. 도덕적으로 문제가 있는 사람이 아니라면, 그리고 내가 (그렇게 신중히 고른 배우자이기에!) 배우자를 신뢰할 수 있다면, 상대는 이미 나아가야 할 바람직한 방향을 알고 있다는 것과 상대에 대한 강압은 대다수의 경우 관계에 도움이 되지 않는다는 것을 염두에 두어야 한다. 당장 이해가 어렵다면 상대의 곁을 지키는 것부터 시작하면 어떨까. 물론 이 모든 건 아기를 낳지 않아도 깨달을 수 있지만, 육아는 내게 이 모든 점을 단기간 내에 압축적으로 깨닫게 해 주었다.

누군가 내게 어떤 배우자를 만나야 하는지 묻는다면, 초보 엄마의 입장에서 이렇게 정리해 이야기할 것 같다. 서로를 인내해 줄 수 있는 사람이자, 나와 그 사람이 각자 여러 시행착오를 통해 성숙해지는 과정을 겪을 때 상대를 섣불리 판단하거나 비난하지 않고 서로의 곁을 묵

어느 날 엄마가 되었다

묵히 지킬 수 있는 사람, 그리고 서로의 단점과 약점이 시간이 흐르면서 더 바람직한 방향으로 변화하거나, 설령 변화하지 않더라도 그 속에서 깨달음을 얻고 관계를 발전시킬 수 있는 사람이면 좋겠다고 말이다. 아이가 자라고 나이가 들고 결혼 기간이 길어지면 다른 답을 내놓을 수도 있겠지만, 지금은 그렇게 생각한다.

딸아이에
관하여

'내게 잠시 맡겨 주신 축복'임을
되새기기

갓난아기 시절의 하은이를 마주했던 순간을 떠올려 본
다. 아기가 신생아중환자실에서 2주간의 치료를 마치고
퇴원하던 그날. 그 작디작은 생명을 내 온 마음을 다해
안으면 부서질 것 같아서 마치 구름을 안는 것처럼 아이
를 조심히 안았다. 그 후 한동안 나는 하은이를 유리처
럼 여겼다. 내가 잠시라도 눈을 뗄 수 없고 누구에게 마
음 놓고 맡길 수 없는, 그런 '수동적이고 한없이 연약한
존재'로 말이다. 나는 그게 아이를 소중히 대하는 거라고
생각했다. 그러나 아이러니하게도, 그리고 슬프게도, 하
은이를 아주 연약한 존재라고 여길수록 내게 아이는 축

어느 날 엄마가 되었다

복이 아닌 부담스러운 존재로 느껴졌다. 아이가 아팠던 기억이 희미해질 만큼 상당한 시간이 흐른 후에도 내 마음은 늘 조마조마했고, 스스로 단단히 조여 놓은 마음은 육아로 지친 몸을 더욱 힘들게 했다.

하지만 돌이켜 보면 아이는 신생아 시절부터 참 강했다. 여러 달 동안 있었던 익숙한 엄마의 배 속을 벗어나 갑자기 세상에 나온 것도 당황스러웠을 텐데, 엄마와 아빠 없이 병원에 남겨져 2주라는 시간 동안 갖은 검사와 치료를 받으면서도 아이는 잘 버텨 냈다. 나도 한 번도 해 보지 않은 기도 삽관과 흉관 삽입도 견뎌 냈다. 정작 약한 건 병실에 누워서 울고, 조리원 산모실에서 울던 나였다.

아이는 온 힘을 다해 천천히 조금씩 회복하고 있었지만 나는 아이가 병실에 누워 있다는 그 사실에만 초점을 맞췄다. 친정집에 와서도 아이는 다른 여느 아기들처럼 밤낮으로 용을 쓰고 울며불며 분유를 찾고 팔다리를 위아래로 휘저으며 놀고 매일매일 사람들과 눈 맞추고 모빌과 초점책을 응시하며 용감하게 세상에 적응했다. 그러나 나는 아이가 아팠던 기억에 한동안 매몰되어 있었다. '태어나자마자 아팠던 것 때문에 아이 발달에 문제가 생기진 않을까? 아이가 자라면서 또 그렇게 심하게 아프면 어떡하지?' 아이는 꾸준히 자신만의 속도로 열심히 자라고 있는데 그 아이를 바라보는 내 생각의 속도는 지나치게 느리거나 지나치게 빨랐다.

나는 아이의 성장을 조바심과 염려의 눈으로 지켜보았다. '이 월령쯤 되면 뒤집기를 하고 기어가고 걷고 한다던데, 옹알이와 호명반응은 언제쯤 한다던데, 비슷한 월령의 다른 아기들은 눈도 잘 맞추고 소리 내어 잘 웃는다던데'라며 걱정하는 것이 어느새 일상이 되었다. 그래서 조금이라도 아이의 행동이 이상하다 싶으면 온라인 카페와 블로그를 뒤지고, 소아청소년과에 가서 이런저런 질문을 하고, 그러다 느닷없이 마음이 평온해지면 아무 걱정이 없는 나 자신이 어색했다. 그렇게 불안한 엄마를 앞에 두고 하은이는 자신이 건강히 잘 크고 있다는 걸 증명해 보이듯 월령별 발달 체크리스트에 있는 마일스톤을 하나둘씩 달성해 냈다.

어느 날 엄마가 되었다

아이의 성장 속도를 기다리지 못해 조급해하고, 아이가 걱정되는 마음에 육아에 고집스럽게 매달리는 나를 특히 안타깝게 지켜보신 분이 계셨으니 바로 하은이를 함께 돌보아 주시고 친정의 가사를 도와주시는 이모님이셨다. 이모님은 하은이를 본인의 손녀처럼 정성스럽게 돌보아 주시며 예뻐해 주시고, 나를 친조카처럼 친근하게 대해 주시면서 육아와 삶, 신앙에 대해 여러 귀한 조언과 지혜를 풍성히 나눠 주신, 이루 말할 수 없이 감사한 분이시다. 하루는 이모님이 다정한 어조로 내게 넌지시 말씀하셨다. "아이는 축복이야. 아이를 예뻐하지 못하고 아직도 부담스러워하면 어떡해"

　그 말씀은 시리도록 정확했다. 나는 하은이를 '제대로' 예뻐하지 못했다. 아이의 일거수일투족을 놓치고 싶지 않아 늘 곁을 지키고 있었지만, 사실 나는 놓치고 있는 게 많았다. 신생아 시절이 아니면 느낄 수 없는, 아이의 전신이 내 가슴에 포개져 전달되는 따뜻한 체온, 수유를 마치고 아이를 세워 안았을 때 내 어깨에 작게 울리는 아이의 트림, 오물오물하는 빨간 입술, 쉴 새 없이 꼼

지락거리는 손가락과 발가락 그리고 그 하나하나에 붙어 있는 작은 손톱과 발톱. 지나가면 붙잡을 수 없는 그 모든 작은 울림의 것들을 나는 마음껏 기뻐하지도, 예뻐하지도 못했다. 어리석은 태도였다.

내가 근심과 걱정에 휩싸여 있는 동안 가족분들과 이모님은 하은이의 성장을 놀라워하며 기뻐해 주셨다. 하은이의 '왕할머니'가 되신 나의 외할머니는 아이의 손짓과 발짓 하나하나가 얼마나 기특한지, 나날이 커 가는 모습이 얼마나 감탄스러운지 종종 장문의 문자메시지를 통해 표현하셨다. 또한 아이를 건강히 잘 키우는 데 꼭 필요한 지혜도 종종 나누어 주셨다. 하은이가 아팠을 때부터 함께 기도해 주신 나의 이모는 엄마와 통화하실 때마다 "하은이 뭐 해? 잘 지내?"라고 물으시며 "아이고 우리 강아지, 너무 예뻐!"라며 정겨운 목소리로 하은이를 불러 주셨다. 이모는 종종 하은이에게 주실 깜찍한 머리핀과 옷을 가지고 친정집에 오셔서 아이가 집 안을 이리저리 돌아다니며 노는 모습을 사랑이 가득한 눈으로 한참 바라보셨다. 오랜만에 연락이 닿은 엄마의 친척 고모

어느 날 엄마가 되었다

님, 나의 외가와 친가 친척분들, 친구들과 지인들 모두 하은이의 사진과 동영상을 통해 아기가 밝고 건강하게 커 가는 모습을 보며 함께 기뻐하고, 애정이 담긴 말과 정성스럽게 준비한 선물로 아이의 앞날을 축복했다. 아이는 그렇게 따뜻한 관심과 사랑을 받으며 하루하루 더 빛나는 존재로 자라났다.

시부모님과 하은이 고모의 가족분들도 하은이를 위해 늘 기도해 주시고, 아낌없이 사랑을 표현해 주셨다. 시부모님은 하은이에게 교회에서 축복기도를 받는 아주 특별한 자리도 마련해 주셨다. 시부모님이 30여 년째 출석하시는 교회의 담임 목사님이 우리 부부 결혼식의 주례를 맡아 주셨었는데, 그 목사님이 하은이 생애 첫 축복기도를 해 주시는 모습을 뵈니 감회가 새로웠다. 시부모님이 오랫동안 출석하신 교회이기에 목사님뿐만 아니라 그동안 함께 신앙생활을 하신 교인분들도 우리 부부와 하은이를 다정하게 반겨 주셨다. 그날 나는 하은이가 귀중한 한 생명으로서, 믿음으로 이루어진 공동체의 구성원으로서 많은 사람의 사랑을 받고 있다는 것을 알 수 있었다. 내가 고집스럽게 붙들고 있는 하은이가 아팠던 기억 때문에, 지치고 고된 육아의 일상 때문에 잠시 잊고 지냈던 새 생명의 축복을 다시금 온 마음으로 느낀, 감사한 날이었다.

바닥을 쳤던 내 체력이 조금씩 회복되고, 하은이의 탄생과 성장을 함께 진심으로 기뻐해 주시는 분들의 모습을 뵈면서, 나는 염려를 내려놓고 정신을 차려 아이의 모습을 더욱 열심히 사진과 동영상으로 기록했다. 성장 일기를 글로 남기면 정말 좋았겠지만 자는 시간도 부족했기에 사진과 동영상이라도 부지런히 찍어야겠다는 생각이었다. 아이가 장난감을 갖고 노는 모습, 할아버지 할머니의 품에 안겨 있는 모습, 뒤집기를 하다가 앉았다가 소파를 붙잡고 일어나다가 한 발짝씩 걷다가 뛰다가 하는 모습, 곤지곤지와 짝짜꿍을 하는 모습, 열심히 "바나나!"를 외치는 모습, "하은이 어디에 있어?" 하고 내가 물으면 별 같은 손으로 자신을 가리키는 모습, 떼쓰며 우는 모습, 내가 우스꽝스러운 표정을 지어서 한참을 껄껄대는 모습. 나는 그 모든 모습을 놓칠세라 휴대폰 카메라에

어느 날 엄마가 되었다

열심히 담았다. 그렇게 적극적으로 담기 시작하니 아이의 커 가는 과정이 눈과 마음에 더 잘 들어왔다. 그리고 아이가 정말 눈부시게 예뻤다.

그렇게 예쁘다가도 아이에게 섭섭할 때도 있었다. 짝사랑하듯 아이의 곁을 맴도는 엄마의 마음을 몰라주는 것 같아서, 위험한 상황이라 저지해도 포기하지 않는 아이의 고집을 꺾는 게 힘들어서, 내 체력이 아이의 넘쳐나는 에너지를 감당하지 못해서, 때때로 내가 아이를 기르며 너무 많은 걸 포기하고 있는 듯한 느낌이 들어서. 그런데 아이는, 늘 그 자리에서 나를 바라봐 준다. 떼를 쓰고 울고 웃으면서 내 말과 눈빛과 행동에 반응한다. 엄마 말씀처럼 아이는 좋고 싫음을 표현할 뿐, 아이의 행동 그 어디에도 나를 힘들게 하려는 악의나 교활함은 없다. 아이는 자기 마음에 반하는 일이 일어나면 우는 것밖에 할 수 있는 게 없다. 아직 말을 할 수 없는 아이의 입장에서 우는 것은 나름 최선의 의사 표현일 거다. 이렇게 머리로는 이해가 잘되는데 막상 사태가 터지면(?) 그 상황을 평온한 마음으로 받아들이기가 아직도 너무 어렵다.

아이는 부모를 수없이 관찰하고 인내하면서 말하는 법을 서서히 배운다. 반면에 부모는 아이에게 끊임없이 말하면서(스스로가 생각하기에 부모로서 바람직한 언어를 사용하고, 자신의 부모님을 떠올려 흉내 내 보고, 다른 부모와 교류하고 자신을 그들과 비교하면서) 인내하는 법을 배운다. 사실 둘의 경우를 견주어 보면 전자가 훨씬 더 힘들다. 어쩌면 내가 참는 것보다 아이가 훨씬 더 많이 참고 있는 것일지도 모르겠다.

육아 스트레스를 견뎌 내는 게 힘든 이유는 '아이와 함께하는 시간이 앞으로 많이 남아 있다'는 막연한 가정과 '아이가 내 바람대로 행동해 주어야 한다'는, 즉 아이가 나의 '일부' 혹은 '소유'라는 잘못된 생각을 하기 때문일 거다. 그런데 아이와 함께 보내는 이 영원할 것 같은 시간이 생각보다 훨씬 더 빠르게 지나갈지도 모른다. 그 시간이 찰나와 같다는 것을 깨달을 때 아이에게 더 부드러워질 수 있다고 생각한다. 설령 아이가 나중에 커서 나와 함께한 시간을 자세히 기억하지 못하더라도, 내 기억 속에 남아 곱씹을 찬란한 시간이기에 아이를 더욱더 사랑할 수 있다. 그리고 아이는 머지않은 미래에 온전히 자신이 주연이 되는 시간을 만들기 위해 망설임 없이 부모 곁을 떠나 앞으로 나아갈 거다. 그때 흘러간 시간을 후회하지 않고 미소 지으며 아이의 손을 놓아주기 위해 바로지금, 아이가 껌딱지처럼 내게 붙어 어딜 가나 나를 찾고 내게 안아 달라 손짓하고 자신의 마음을 알아 달라고 울며불며 떼를 쓰고 조를 때 조금 더 넉넉한 마음을 가질 수 있다.

언젠가 육아를 하며 짜증을 내는 나를 보신 엄마는 내 마음이 가라앉기를 기다렸다가 말씀하셨다. "하나님께서는 잠시 하은이를 네게 맡겨 주신 거야. 그리고 이다음에 네가 하나님 앞에 섰을 때 과연 네가 하은이에게 최선을 다했는지 물으실 거야" 나는 오늘도 아이의 얼굴을 바라보며 스스로에게 묻는다. 과연 먼 훗날 그때에 내가 이런저런 변명을 늘어놓지 않고 자신 있게 최선을 다해 하은이를 사랑했노라고 말할 수 있을까. 그 대답을 할 수 있도록 부단히 노력하고 있지만, 아직 갈 길이 멀었다.

아이가 태어난 순간부터 바로 말을 하지 못하고 크면서 말하는 법을 천천히 배우는 것은 부모가 아이를 키우며 스스로 깨닫고 성장할 수 있도록 시간을 벌어 주시는, 하나님의 사려 깊은 설계라는 생각이 든다. 처음 부모가 되어 보는 불완전한 인간이, 이기적인 본성과 변덕스러운 감정을 잘 다스리는 법을 스스로 배우고 훈련하며 자신도 한없이 부족한 존재라는 걸 깨닫고 다른 인간을 사랑으로 품어 주기까지 걸리는 시간을 말이다. 그런 의미에서 아이는 (물론 존재 자체만으로도 귀하지만) 나를 더 성숙한 사람으로 만들어 주는, 하나님께서 '내게 아주 잠시 맡겨 주신 축복'이다.

어느 날 엄마가 되었다

마음을 담아
서로에게 보내는 편지

딸이
부모님께

사랑하는 엄마, 아빠

    요즘 나는 엄마, 아빠가 내 나이 때 무슨 생각을 하며 지냈을지 궁금해. 나는 초등학교에 들어간 지 얼마 안 되었을 거고, 엄마, 아빠는 각자 몸을 둘로, 아니 셋으로 쪼개도 모자란 바쁜 나날을 보냈겠지. 회사에, 양가 부모님에, 육아에, 신경 써야 할 일들이 태산이라 어느 하나에 집중하기 힘들었을 거야. 그렇게 숨 쉴 틈도 없이 바쁜 중에 엄마, 아빠에게 일과 가족은 어떤 의미가 있었을까? 임신과 출산, 육아는 느닷없이 닥쳐든 숙제였을까 아니면 메마르고 힘들었던 일상에 하나님께서 주신 단비와 같은 선물이었을까?

어렸을 때는 차갑게만 느껴졌던 엄마의 강인함이 이제는 안타깝게 느껴진다고 고백하면 엄마는 어떤 표정을 지을까? 엄마의 전쟁 같은 삶을 이해하지 못한 채 오랫동안 상냥한 엄마를 바라기만 했던 어린 시절의 내가 너무 철이 없었다는 고백도. 겉으로는 무뚝뚝한 딸이 평일 늦은 밤과 주말에만 간간이 볼 수 있는 다정한 아빠의 얼굴을 늘 그리워했다는 걸 알까? 내 마음을 몰라준다고 투정 부리고 반항하던 어린 딸에게 엄마, 아빠는 많이 서운했을까? 이렇게 꼬리에 꼬리를 문 생각들은 많은 물음표를 낳고, 그 물음표들은 일상에 치여 안개처럼 흩어져 버려. 많은 시간이 흐른 후에는 이러한 말과 질문들을 엄마, 아빠에게 차마 직접 하지 못한 것을 후회하겠지. 그렇지만 요즘 엄마, 아빠는 하은이와의 관계를 통해 내가 오랫동안 마음속에 품어 온 질문들의 답을 간접적으로 내게 보여 주고 있어.

어느 날 엄마가 되었다

엄마, 아빠는 모든 것이 서툰 초보 엄마인 나보다 훨씬 더 큰 사랑을 하은이에게 주는 것 같아. 오늘이 마지막이듯 따뜻한 눈으로 하은이의 얼굴을 바라봐 주고, 아이의 머리와 볼을 귀한 보석을 다루듯 쓰다듬어 주고, 개사해서 유치하지만 사랑이 가득 담긴 노래를 불러 주고, 아이가 말을 못 알아듣는다고 (못 알아듣는 게 당연한 건데) 내가 짜증 섞인 말을 내뱉을 때면 나를 나무라고 아기의 입장을 대변해 주고. 나는 또 철없이 엄마, 아빠에게 못내 서운했는데, 어느 날 하은이에게 내 이름을 무심코 부르는 걸 듣고는 마음이 뭉클했었어. 어쩌면 엄마, 아빠는 하은이에게 사랑을 쏟아부으면서 어린 시절의 나와 많은 시간을 함께하지 못한 것에 대한 미안함을 메꾸고 싶은 것인지도 모르겠어.

내가 임신 중이었을 때 "혹시라도 엄마가 너를 서운하게 한 적이 있다면 용서하라"고, "큰 사고 안 치고 자라줘서 고맙다"고, 엄마는 내가 깜짝 놀랄 만한 말들을 통화하며 넌지시 건넸지. 나는 엄마와 아빠의 빈자리가 늘 서운해서 둘을 원망하고 가끔은 어설프게 반항한답시고 모진 말도 많이 했던 것 같은데. 곰곰이 생각해 보면 엄마, 아빠는 무슨 이유에서인지 내게 늘 미안해했어. 그런데 엄마, 아빠도 처음으로 누군가의 부모가 된 거였잖아.

엄마와 아빠는 나를 사랑하지 않았던 게 아니고, 일과 여러 인간관계를 소홀히 여기지도 않았고, 삶이 던지는 무거운 짐들을 함부로 내치지도 않았다는 걸 이제는 알아. 오히려 최선을 다해 치열하게 버텼어. 엄마는 집에서 가장 좁고 추운 방을 요새로 삼아 매일 새벽 간절히 기도드렸고, 아빠는 밀려오는 스트레스를 가족에게 풀기보다는 독한 냄새 가득한 담배 한 모금에 삼키고 또 삼켰지. 하은이 엄마가 되기 전에는 버티는 것이 지극히 수동적인 자세라고 생각했는데, 그게 아니더라고. 이제야 엄마와 아빠를 이해하기 시작했다고 하면 조금이나마 위로가 될까? 엄마와 아빠의 그 무수히 많은 선택, 그리고 그 결과로 지켜 낸 것들과 포기해야만 했던 것들에 대해 내가 되돌아보게 되었다고 하면 속절없이 지나가 버린 세월이 덜 쓸쓸할까?

어느 날 엄마가 되었다

엄마가 지금의 나보다 훨씬 더 어렸을 때 나를 무릎에 앉히고 엄마가 다니던 방송국의 아침 교양프로그램에 잠깐 출연한 적이 있었지. 그리고 엄마가 최근에 그 영상을 내게 다시 보여 주었어. 촬영할 당시에는 너무 어려서 몰랐는데, 90년대 초반에 일하는 여성의 육아를 다룬 내용이었어. 영상 속에서 분홍색 립스틱을 바른 앳된 얼굴의 엄마가 아이가 보고 싶을 때 보지 못하는 워킹맘의 서러움을 이야기하는 동안 서너 살의 나는 아무것도 모른 채 두리번거리기만 해. 나는 그 영상이 왜 이렇게 슬플까. 예나 지금이나 나는 다름이 없음을 알아서일까.

나는 여전히 엄마와 아빠의 모든 생각과 마음을 이해하지 못해. 슬프게도 내가 이 세상을 떠날 때까지 그렇겠지. 그렇지만 이 책을 쓰면서 가장 자주 머릿속에 떠올린 사람들이 바로 엄마와 아빠야. 그만큼 나는 엄마와 아빠를 이해해 보고 싶어.

조만간 나와 하은이는 이 집과 멀고도 가까운 '우리 집'으로 내려가겠지. 다시 덩그러니 남겨질 엄마와 아빠가 이 책을 읽으며 너무 쓸쓸하지 않기를. 우리 또한 늘 엄마와 아빠를 그리워하는 걸 잊지 말아 주기를.

끝으로, 아기와 나와 함께 있었던 여러 달 동안 많이 고생한 엄마와 아빠에게 너무 미안했고, 제대로 표현하지 못했지만 진심으로 고마웠어. 엄마와 아빠에게 받은 무한한 사랑을 어떻게 다 갚을 수 있을까. 나도 엄마와 아빠를 본받아 하은이에게 그런 큰 사랑을 줄 수 있도록 노력하고 또 노력할게.

눈부시게 따스한 햇살이 거실을 밝히는 날,

사랑하는 딸이.

아빠가 딸에게

이제는 엄마가 된 내 딸에게

"아빠, 난 지금 너무 힘들어" 수화기 너머 들리는 네 목소리가 너무나 떨리고 불안하게 느껴졌다. 호흡이 정상적이지 않아서 중환자실에 2주 동안이나 입원했던 하은이가 병원을 겨우 벗어나 조리원에 간 지 얼마 되지 않아 청색증이라는 또 다른 시련을 겪었지. 조막만 한 몸에 고무호스를 주렁주렁 꽂아 차마 똑바로 바라볼 수 없던 아기가 어려움을 잘 이겨 내고 완전히 회복해 방긋 웃으며 우리 품에 돌아온 줄 알았는데… 예민하고 걱정 많은 네가 불안해지기만 하면 웅크리고 무릎 꿇고 기도하는 모습을 수도 없이 봐 왔는데 '그 수없이 많은 기도는 다 어디로 갔지?'라는 생각이 들더구나. '하나님께서 무엇을 원하시는 거지?'라는 생각이었어.

"좋아질 거야. 굳게 마음먹고 견디자" 특별하지도, 네게 도움이 되지도 않을 얘기를 하고 전화를 끊었지만 네가 겪을 고통이 고스란히 전해져서 머릿속이 하얗게 되고 숨을 제대로 쉴 수가 없더구나. 네가 했던 대로 무릎 꿇고 기도하는 것밖에 할 수 있는 게 없었다. '우리의 새 생명을 지켜 주시고 내 사랑하는 딸을 저 고통에서 꺼내 주십시오' 하고. 그렇게 우리는 하은이를 맞이했다. 많이 힘들고, 어렵고, 그리고 아프게.

사랑하는 내 딸아, 너무도 수고했다. 세상의 만물은 껍데기를 깨고 나오거나 두꺼운 흙을 뚫고 나오면서 탄생하지. 힘들지 않은 탄생이라는 것이 어디에 있겠느냐마는 하은이가 특별한 과정을 겪었기에 엄마인 너는 아마도 무척 힘들었을 거야. 처음 아기를 낳은 데다가 아기가 건강하게 태어나지 못했기에 조바심하고 하나하나에 바들바들 떨었던 네가 한순간이라도 편할 날이 있었겠니? 그리도 춥고 옹색했던 미국 학교의 기숙사에서 밤을 새우며 네가 이루려 했던 그 꿈의 여정이 갑자기 멈추어 버렸을 때 네가 느꼈을 상실감이 너를 얼마나 초라하게 했을지도 짐작이 가는구나. 언제나 맑고 착했던 네가 육아의 과정 중에 부모와 출산 전과는 비교할 수 없을 만큼 깊은 갈등을 겪으면서 얼마나 힘들었니? '이리도 힘든데 앞으로 들이닥칠 수많은 어려움은 다 어떻게 이겨 내지?'라는 불안감도 헤아릴 수 없이 컸을 거야. 그렇게 힘들게 너는 엄마가 되어 왔어. 밝고 환했던 네 얼굴이 조금은 지쳐 보일 때마다, 그리고 너에게서 결연함이 느껴지는 엄마의 모습을 보면서 꼭 얘기해 주고 싶었다. "수고 많았어, 사랑하는 내 딸아"

세상 모든 곳에 신이 있을 수 없어서 엄마라는 대리인을 만들었다고 하는구나. 그래서 엄마는 무엇이든 할 수 있고 어떤 것도 이겨 낼 수 있는 강한 사람이라고 얘기를 하지. 네 엄마도 그랬던 것 같아. 너를 키우는 것에 관해선 아빠보다 훨씬 더 강했기에 정신없는 직장 생활에도 퇴근 후 집에 오면 방금 일어난 사람처럼 기운을 차려서 너를 챙겼단다. 저 능력의 원천은 정신력인가 체력인가 궁금할 정도였어.

모든 엄마가 원래 강한 것은 아니라고 생각해. 강해지려고 치열하게 애쓰고 있는 것일 거야. 때로는 이를 악물고 혹은 한숨을 참고 삼키면서 자식을 위해 혼신의 힘을 다하는 것이지. 그래서 강하게 보이는 것일 뿐이지. 그것을 우리는 '사랑'이라고 얘기해. 엄마이기 때문에 갖는 사랑. 그래서 나는 네가 예민하고 걱정이 많아 강한 엄마가 되기 어렵다고 생각하지 않아. 너 또한 엄마여서 어쩔 수 없이 강해지려고 애쓸 것이고, 시간이 흐른 뒤 넌 분명 강한 엄마가 되어 있을 거야. 다만 힘들고 어려울 때 혼자 삼키지는 않았으면 좋겠다. 네 동반자에게 얘기도 하고 부모인 우리에게 투정도 부리고 그래야 해. 그렇지만 항상 잊지 않았으면 하는 것이 있다. 너는 하나님을 대신해서 이 세상에서 하은이를 지키는 하나뿐인 '하은이 엄마'야.

어느 날 엄마가 되었다

모든 생명에게는 살아 내려는 의지가 있어. 그것은 무척이나 힘이 있고 절박해서 좀처럼 무너지지 않지. 소중한 선택을 받아 세상에 나온 하은이의 의지와 힘을 믿기 바란다. 하은이가 중환자실에 누워 지내며 억척스레 병을 이겨 냈을 때 우리가 해 줄 수 있는 것은 그저 간절하게 기도하는 것뿐이었지. 결국 그 큰 어려움을 극복한 사람은 제대로 눈도 뜨지 못했던 하은이었어. 우리 모두 코로나19에 걸렸을 때도 가장 씩씩하게 이겨 낸 사람이 가장 작고 어렸던 하은이었고. 우리가 그 아이를 키워 온 날들을 돌이켜 보면 너무 조바심했구나 싶어. 우리 하은이는 스스로 어려움을 극복해 냈고, 저리도 건강히 성장하고 있고, 앞으로도 더 훌륭히 자기 힘으로 클 거야. 그러니 우리가 너무 많은 걱정도, 애태움도, 간섭도 하지 않도록 하자.

세상을 먼저 살아온 경험이라는 등불만 비추어 주면 하은이는 맑은 눈을 가지고 튼튼한 걸음을 걸으면서 앞으로 앞으로 흔들리지 않고 걸어갈 거야. 하나님께서 허락하신 소중한 '생명'이니까.

언젠가 네게 그런 이야기를 해 준 적이 있을 거야. 미국에서 부모님의 도움 없이 혼자 세 아이를 잘 키운 아빠 선배 딸 이야기를 기억하고 있니? 선배는 간혹 미국에 가서 딸이 세 아이를 키우는 모습을 보는데 절대로 아이들에게 목소리를 높여서 야단치지 않는대. 대신 아이들의 행동을 바로잡아야 할 일이 있으면 왜 그러면 안 되는지, 어떻게 하는 것이 바른 행동인지를 낮은 목소리로 차근히 설명해 준다고 하더라. 하기는 나나 네 엄마조차도 하지 못한 일을 네가 했으면 하고 바라는 것이 과하다고 생각한다. 그렇지만 참으로 배울 만한 일이지. 하은이를 현명한 아이라고 여겨 그에 합당한 대우를 하고, 대화를 통해 아이를 이해하려는 배려심이 분명히 아이를 바른 사람으로 성장하게 할 거야.

아빠도 하지 못한 일이지만, 내 딸이 육아를 할 때 깊이 생각해 보길 바란다. 지금도 네가 하은이를 앞에 앉히고 도란도란 얘기해 주는 모습을 볼 때마다 더 자란 하은이가 엄마와 함께 다정히 얘기하는 모습을 상상하곤 하는구나. 머지않은 미래에 그런 모습이 실현되려면 지금부터 그런 마음가짐을 갖고 아이와 마주해야 할 거야. 비록 말할 수 있는 단어가 몇 개 안 되지만 훨씬 더 많은 것을 알아듣는 하은이에게 결코 이른 시작은 아닐 거야.

하은이를 키우면서 네가 접어야 했던 '일'에 대한 얘기를 하고 싶구나. 누구보다 자기 일에 대한 열정을 갖고 있고, 그를 위해 치열하게 자신을 관리해 온 사람이 내 딸이라는 것을 잘 안다. 너는 항상 열심히 준비했고, 한결같이 네게 주어진 일을 온 힘을 다해 해 왔어. 그러나 하은이를 키우면서 그렇게 열심히 해 온 일을 멈추어야 했지. 반복된 일상에 지치고, 주위와 비교해 너만 뒤떨어지는 느낌이 들어서 우울한 마음이 들었을 거야. 하지만 단언컨대 너는 멈추어 있는 것이 아니야.

"엄마!" 하고 너를 부르며 달려오는 하은이의 손짓을 보렴. 너만을 필요로 하고, 너만이 할 수 있는 일을 이제까지 해 보았니? 땀을 뻘뻘 흘리면서 젖병에 담긴 우유를 마시는 하은이의 모습을 떠올려 보렴. 그리도 간절한 생명에게 배고픔을 채워 주는 그런 소중한 일을 지금까지 해 보았니? 네가 온 시간을 바쳐 하고 있는 육아라는 일은 하나님께서 네게 부탁하신 '소명'일 거야. 너뿐만 아니라 태초부터 인류에게 생명을 보듬고 키우는 일은 결코 다른 어떤 것이 우선할 수 없는 축복일 것이리라 생각한다.

하은이가 어느 정도 자랐을 때 네 꿈을 펼칠 수 있는 일을 꼭 하게 될 거야. 혹여 네가 꿈꿔 온 일을 하기 어렵다 해도 너는 지금 오로지 너만이 할 수 있는 일을 하고 있다는 걸 마음에 새기면 좋겠구나. 그리고 '나는 축복받은, 그래서 너무나 감사해야 할 하은이의 엄마다'라는 자부심을 가지면 좋겠어.

너와 하은이와 함께한 지난 시간은 나와 네 엄마에게 아주 특별한 시간이었구나. 하은이로 인해서 웃을 수 있었고, 설레는 마음으로 집에 가는 시간이 기다려지기도 했고, 한 생명이 자라나는 모습을 보며 하나님의 놀라운 섭리도 깨달을 수 있었단다. 몸이 아프기도 하고 때로는 지치기도 했지만, 그것은 우리가 누렸던 행복에 비하면 작은 비용이었을 뿐이야. 우리가 키워 온 딸아이의 모습

어느 날 엄마가 되었다

이 아니어서 당황한 때도 있었고 우리 사이에 갈등도 있었지만, 그것은 엄마가 되려는 내 딸의 아픔에서 비롯한 것이었을 뿐, 결국 가족이라는 큰 그릇 안에서 녹여져 앙금도 없이 사라질 기억들이야.

너에게, 그리고 어려운 시간을 극복하고 잘 자라 준 하은이에게 고맙다. 그리고 주말마다 먼 거리를 오가느라 힘들었겠지만 한 번도 내색하지 않고 씩씩하고 듬직한 모습으로 집에 들어서는 사위에게도 다 표현하지 못한 고마움을 꼭 전하고 싶구나.

사는 모든 순간이 편하고 안락하지는 않은 것이 인생일 것이야. 오히려 많은 시간이 어렵고 고통스럽기까지 하지. 하지만 순간순간 잠시라도 느꼈던 행복 덕분에 우리는 열심히 또 살아 낸다. 그 행복을 준 하은이에게, 네 가족에게 진심으로 고맙다.

지금도 예쁜 하은이와 장한 내 딸이 보고 싶은 아빠가.

며느리가
시부모님께

늘 감사한 아버님, 어머님

　결혼 전 처음 인사드리던 날 음식점에서 아버님, 어머
님을 뵙고 수줍어하며 어쩔 줄 몰라 하던 제가 어느새
결혼을 하고 아기를 낳아 하은 어미가 되었습니다. 아버
님, 어머님이 저를 싹싹한 며느리이자 현명한 아내, 성숙
한 엄마로 여기셨으면 하는 바람이 있지만, 사실 저는 결
혼 후 임신과 출산, 육아의 과정을 거치며 지난 몇 년간
사춘기 소녀처럼 혹독한 성장통을 겪었습니다. 그리고
그 이야기가 이 책에 고스란히 담겨 있기에 제 글을 보

여 드리기가 참으로 부끄럽습니다.

　그러나 한편으로는 이 책을 다 읽으시고 나서 제 이름을 한 번 더 따뜻하게 불러 주실 아버님, 어머님의 목소리가 귓가에 들리는 듯합니다. 그만큼 두 분은 제게 언제나, 한결같이 다정하셨어요. 소중하게 키운 아들의 아내로서, 눈에 넣어도 아프지 않을 손녀의 엄마로서 제게 바라시는 바가 당연히 있으셨으리라 생각합니다. 하지만 그 바람을 제게 말씀하시는 대신 여러 면에서 부족한 저를 깊이 배려해 주셨어요.

　아버님, 어머님은 저를 참 귀하게 여겨 주셨어요. 처음 임신 사실을 알게 된 날 축하의 말씀과 함께 크고 아름다운 꽃들로 가득 차 있는 풍성한 꽃바구니를 안겨 주셨고, 임신 기간 동안에는 맛있는 음식을 그렇게나 많이 정성스럽게 만들어 보내 주셨었지요. 그 외에도 사랑이 가득 담긴 여러 선물을 주셨어요. 음식과 선물뿐만이 아니었습니다. 한 자 한 자 온기가 느껴지는 편지와 문자메시지를 보내 주시고, 항상 환한 미소를 지으시며 제게 잘하고 있다고 격려해 주셨지요. "아기 키우느라 많이 힘들지? 정말 고생이 많다"라며 진심 어린 위로도 해 주시고, 서툴러서 죄송하다고 말씀드리면 괜찮다고 마음 쓰지 말라며 너그러이 이해해 주셨습니다.

아기가 아파서 힘들었던 때에는 함께 우시며 기도해 주셨지요. 전화기를 붙잡고 아이처럼 엉엉 울던 저를 다독이시던 그 목소리를 저는 아주 오랫동안 잊지 못할 것 같습니다. 두 분이 베풀어 주신 사랑에 제대로 감사를 표현하지 못한 것 같아 죄송할 따름입니다. 하은아빠가 두 분에 관한 이야기를 제게 나눌 때면 금세 눈시울이 붉어지고 목소리가 갈라지는데, 이제 저도 두 분을 떠올리면 가슴이 먹먹해집니다.

엄마는 오랫동안 제 배우자 기도와 더불어 딸을 진심으로 사랑하고 예뻐하시는 시부모님을 만나게 해 주시기를 간절히 기도하셨대요. 부모님과 저는 그 간절한 기도의 응답을 받은 것 같아 감사하고 있습니다.

애초에 제가 결심한 것과는 달리 서울에 머무는 동안 두 분께 하은이를 자주 보여 드리지 못했어요. 아기가 아팠던 기억 때문에 제가 외출하는 걸 너무 겁냈던 탓이지요. 그런데 하은이가 한창 낯을 가릴 시기에도 오랜만에 뵌 친할머니의 품에 편안하게 안겨 곤히 자는 모습을 보고는 하은이도 두 분의 사랑을 온전히 느끼는 것 같아 마음이 일렁였습니다. 두 분의 성품을 똑 닮은 하은아빠도 아이에게 자연스럽게 사랑을 표현해요. 저는 두 분과 하은아빠로부터 상대를 배려하며 사랑을 표현하는 법을 배우고 있습니다.

이 책에 담긴 주된 이야기는 제가 누군가의 딸에서 엄마로서 성장하는 과정에 관한 것입니다. 머지않아 이 익숙한 친정집을 떠나며 저는 아내로서, 그리고 며느리로서도 차츰 더 성숙해질 거라 생각합니다. 그 과정 역시 딸에서 엄마로 성장하는 과정과 마찬가지로 쉽지 않겠지만, 기도로 지혜를 간구하며 앞으로 나아가려 합니다.

아버님, 어머님, 처음 뵈었던 그날부터 늘 제게 한없이 큰 사랑을 베풀어 주셔서 감사합니다. 며느리, 아내, 엄마로서 나날이 성장하는 제 모습을 꼭 오래오래 지켜봐 주세요.

사랑을 담아, 아직 많이 부족한 며느리 올림.

어느 날 엄마가 되었다

시아버지가
며느리에게

사랑하는 "○○아"→사랑하는 "새아가야"→사랑하는
"하은엄마야!"

우리가 처음 만나 인사를 나눈 지 채 3년이 되지 않았
는데도 부르는 호칭이 세 번이나 바뀌었구나!

돌이켜 생각해 보면 5년여의 긴 시간 동안 미국 유학
을 마치고 귀국하여 회사에 출근하고, 또 하은이 아빠를
만나고, 결혼 준비와 결혼식을 하고, 또 일과 가사를 병
행하다 아가가 생기고, 엄마가 되고, 정말 숨 가쁘고 힘

든 시간의 연속이었을 텐데 이를 잘 이겨 내고 슬기롭게 잘 헤쳐 나간 우리 하은이 엄마가 참으로 대견하고 자랑스럽다. 그리고 참 잘했다고 칭찬하고 싶구나.

3년 전 사랑하는 "○○아" 하고 이름을 부르던 때…
3년 전 결혼하겠다고 인사하는 자리에서 처음 보았을 때 나는 숨이 막힌 듯 기뻤었고 진심으로 하나님께 감사의 기도를 드렸었단다. 약간 수줍은 듯 단정하고 예쁘고 다소곳하던 너의 모습이 정말 우리가 그 긴 시간 동안 기도하며 기다리고 있었던 바로 그 사람, 우리의 가족이라는 확신이 들었기 때문이었다.

그렇게 ○○이는 우리 곁으로 다가와 주었고 우리에게 기쁨과 행복을 가득 안겨 주는 사람으로 가슴 깊이 자리하게 되었다. 결혼식을 앞두고 교회에 처음 인사를 왔을 때도 주변의 많은 교인들이 참 참하고 예의도 바르고 예쁘다고 입에 침이 마르도록 칭찬을 많이 해 주셨고, 결혼식 전에 만나 뵌 담임 목사님 내외분도 최고의 며느릿감을 맞으셨다고 칭찬의 말씀을 많이 해 주셔서 우리

어느 날 엄마가 되었다

는 기쁨과 행복과 감사의 시간을 보냈단다.

2년 전 "새아가야" 하고 부르던 때…

코로나19 팬데믹 속에서도 많은 사람들의 축복 속에 아름답고 성스러운 결혼식을 마치고 신혼여행을 떠났던 때, 그리고 행복한 모습으로 신혼여행을 마치고 돌아왔던 때, 지방에서 생활하던 중에 우리 부부를 집으로 초대해 주고 맛있는 음식을 준비해 주었던 때의 그 기쁨, 그 감격을 하나하나 글로 다 옮기기가 어렵구나.

그 후 아가를 가졌다는 기쁜 소식을 듣고 우리는 정말 하나님께 깊은 감사의 기도를 드렸고 그 아기가 주님의 사랑 안에서 건강하고 씩씩하게 자라서 세상에 나올 수 있기를 날마다 하나님 앞에 무릎 꿇고 간절히 기도했단다.

특히 아이의 태명을 '건강이'라고 지었다는 말을 듣고 우리 부부는 건강이와 우리 새아가를 위해 더욱더 기도에 매진했었지. 출산일이 가까워질 무렵 아기의 이름을 하나님의 은혜로 주신 아이라는 뜻의 '하은'으로 하기로 했다는 이야기를 듣고 하나님의 사랑과 은혜가 하은이를 통해 가족 모두에게 충만하게 차고 넘치기를 기도했었지.

1년 전 "하은엄마야" 하고 부르던 때…

하은이를 출산하기 위하여 서울로 올라왔을 때부터 모든 것이 하나님의 은혜로 순조롭게 잘 진행되고 있어서 우리는 귀여운 하은이와 만날 날을 손꼽아 기다리고 있었지. 그러다 하은이 아빠를 통해 하은이 소식을 듣게 되었을 때, 우리가 사람의 힘으로 할 수 있는 일이 아무것도 없다는 현실을 깨닫게 되었었지. 그래서 주님께 모든 걸 맡기고 도우심을 구해야겠다고 생각하고 하은이를 우리에게 은혜로 보내 주신 하나님께 간절히 매달리며 기도하고 또 기도하였단다.

하은이는 하나님의 은혜로 우리에게 주신 하나님의 선물이니 모든 것을 잘 이겨 내고 우리 앞에 방긋 웃으며 돌아올 테니 아무 걱정 하지 말고 몸을 잘 추스르고 하은이를 맞을 준비를 잘하고 있자고… 나중에 하은이가 정말 꼭 엄마의 도움이 필요할 때 도와줄 수 없다면 하은이가 얼마나 섭섭하겠느냐고, 그래서 더욱더 마음 굳게 먹고 기도하며 하은이를 기다리자고⋯ 마음을 담아 나의 뜻을 하은엄마에게 전했던 기억이 나는구나. 우리 모두의 간절한 기도를 하나님께서 외면하지 않으시고 응답하셔서 하은이가 모든 것을 잘 이겨 내고 건강한 모습으로 우리 곁에 돌아왔으니 얼마나 기쁜 일인지⋯

하은이가 우리와 처음 상봉하던 날의 모습이 지금도 눈앞에 생생하구나. 카시트에 누워서 현관에 들어서는 모습이 하늘에서 하얀 옷을 입은 날개 달린 천사가 하강한 것 같은 모습이었지. 지금까지 지나온 모든 세월을 생각해 보면 어느 것 하나도 하나님의 은혜가 아닌 것이 없다는 생각이 들고 그래서 더욱 하나님께 감사의 기도를 드리게 된단다.

앞으로 우리의 삶이 어떻게 변할지 또 어떤 일들이 우리를 기다리고 있을지 헤아리기는 어렵지만 힘들고 어려움이 닥칠 때마다 이것 한 가지만은 꼭 기억하며 살아

갔으면 좋겠구나.

　매일 아침 시간에 우리가 사랑하는 하은이와 하은이 아빠, 그리고 하은이 엄마를 위해 중보기도하고 있음을 잊지 말기 바란다. 힘들고 어려움을 느낄 때 우리가 드리는 중보기도의 능력을 믿고 새 힘을 얻어 용기를 내서 모든 어려움을 잘 견뎌 내고 이겨 내기를 바란다.

　또 어려움이 다가올 때면 "괴로울 때 주님의 얼굴 보라"라는 찬양을 떠올리고 소리 내어 힘차게 불러 보렴. "눈을 들어 주를 보라 네 모든 염려 주께 맡겨라 슬플 때에 주님의 얼굴 보라 사랑의 주님 안식 주리라"라는 후렴구가 마음에 평안과 안식을 가져다줄 것으로 믿는다.

　그리고 하나님께서 우리 모두를 사랑하시고 눈동자같이 지켜 주실 거라는 확신을 가지는 것도 중요하다고 생각한다. 우리는 그저 묵묵히 하나님만 바라보며 항상 기뻐하고, 쉬지 말고 기도하며, 모든 일에 감사함으로, 그리고 하은이를 통하여 기뻐하고, 하은이를 위하여 쉬지

어느 날 엄마가 되었다

말고 기도하고, 하은이를 통하여 감사함으로 나아가는 삶이 되기를 간절히 바란다.

머지않은 시간 내에 세 식구만의 보금자리로 옮겨 새롭게 시작하는 생활이 기다리고 있겠지. 오롯이 세 식구만의 오붓한 삶과 생활이 주 안에서 늘 평안하고 형통하고 기쁨과 행복으로 가득하기를 기도한다.

사랑하는 "하은엄마"야!

우리 시아버지와 시어머니를 위해 무엇을 더 잘하려고 애쓰지 말길 바란다. 이미 충분히 잘하고 있고, 우리는 모든 것에 만족하고 있으니 걱정하지 않아도 된다. 애쓰고 힘써서 잘하는 것보다는, 자연스럽게 서로를 바라보며 격려하고 사랑하며 사는 평안함과 행복감이 더 큰 기쁨이라는 것을 우리는 서로 잘 알고 있잖니. 하은엄마는 우리 부부와 우리 가정에 큰 축복을, 그리고 큰 기쁨을 주는 천사와도 같으니 덕분에 우리 모두는 참으로 행복하단다.

"여호와는 네게 복을 주시고 너를 지키시기를 원하며 여호와는 그의 얼굴을 네게 비추사 은혜 베푸시기를 원하며 여호와는 그 얼굴을 네게로 향하여 드사 평강 주시기를 원하노라"(민수기 6:24~26)

출애굽한 이스라엘 백성들에게 모세와 아론을 통해 하나님께서 주신 축복의 말씀인데, 하은이와 하은이 엄마 그리고 하은이 아빠에게 그리고 세 식구가 세운 가정 위에 이러한 복을 충만히 내리셔서 그 복이 차고 넘쳐 축복의 물줄기가 강처럼 흘러가기를 간절히 빌며 기도한다.

"하은엄마"야, 정말로 정말로 사랑하고 또 사랑한다.

아직도 사랑의 마음을 다 전하지 못한 시아버지가.

어느 날 엄마가 되었다

아내가
남편에게

나의 평생 짝꿍, 남편

남편의 응원과 절대적 지지가 없었다면 내가 과연 이 책을 쓸 수 있었을까? 출산과 육아의 과정을 겪으면서 점차 자존감이 낮아지던 내게 남편은 내 이름에 붙은 그 어떤 수식어 때문이 아닌, 나 자체로 귀한 존재임을 일깨워 주었지. 매사에 실수투성이인 엄마이자 아내임에도 불구하고 나를 판단하거나 비난하는 대신, 한결같이 믿어 주고, 기다려 주고, 내 이야기에 귀 기울여 준 당신이었어. 그 덕분에 나는 내가 엄마가 된 후에 드는 생각과 느끼는 감정이 결코 하찮은 것이 아니며 출산과 육아를 통해 내가 성숙해지는 과정에 있다고 여기게 되었어. 돌이켜 보면 나는 남편에게 신뢰를 줄 만한 말과 행동을 충분히 하지 못했는데 남편은 나를 전적으로 신뢰해 주는 것 같아 참 과분한 사랑을 받는다고 느껴.

이 이야기는 단 한 번도 한 적이 없는 것 같은데, 나는 남편이 내게 청혼하면서 한 말이 무척 좋았어. "많이 부족하지만, 평생 함께 걸어갈 자신은 있다"는 말. 내가 외동으로 자라고 다른 사람에게 쉽게 마음을 열지 못하는 성격이어서 그런지 나는 어렸을 때부터 늘 나와 같은 속도로 함께 발맞춰 걸어 줄 사람에 대한 갈망이 컸던 것 같아. 남편은 "늘 평생의 단짝을 원했고 그게 남편이었으면 좋겠다"는 내 말을 그냥 웃어넘기지 않고 기꺼이 단짝이 되어 주겠다고 했지. 그리고 늘 귀한 꽃을 다루듯 소중하게 여겨 주었어.

결혼하고 연고가 없는 곳으로 이사 가는 바람에 친정도, 친구도 멀리 있어 외로워하고, 코로나19가 한창 유행하던 시기에 자의 반 타의 반으로 집에 틀어박혀 임신 기간을 보낸 나를 위해 남편은 내 곁을 묵묵히 지키며 여러 역할을 자처했지. 때로는 출산과 미래에 대한 두려움으로 힘들어하는 아내를 다정하게 다독이는 배우자로서, 때로는 같이 TV를 보면서 즐겁게 수다를 떠는 친구로서 내 곁을 지켜 주었어. 철없이 이것저것 먹고 싶다고 투정 부리는 아내에게 맛있는 음식을 뚝딱뚝딱 만들어 주는 요리사로 변신하기도 했어. 퇴근 후 늘 나와 집에서 붙어 지내는 일상이 남편도 항상 행복하지만은 않았을 거야. 가끔은 오랜 친구와, 회사 동료와 술잔을 기울이며 가장으로서의 무게와 부담감을 털어놓고 싶었을 텐데. 그 마음을 짐작하기에 미안하고 고마웠어.

하은이가 태어나면서 남편은 내게 이러이러한 엄마가 되었으면 좋겠다는 바람을 말하는 대신 몸소 부모로서의 본보기를 보여 주었어. 하은이가 태어나기 전에 어떤 아빠가 되고 싶냐고 묻는 내게 "따뜻한 아빠가 되고 싶다"고 했었지. 이제 와 이야기하지만, 솔직히 나는 당신의 대답이 조금 심심하게 느껴졌었어. 그런데 아기를 낳고 기르면서 그 답을 이뤄 내기가 결코 쉬운 일이 아니라는 걸 깨달았지. 많은 어려움에도 불구하고 당신은 그 결심을 굳게 지키고 있어. 아기와 함께 웃으며 눈을 맞춰 주고, 피곤해서 자꾸 하품이 나오는데도 아장아장 돌아다니는 아기 곁을 지키고, 아기가 잠을 자지 않고 먹지 않고 고집을 부리고 떼를 써도 늘 부드럽게 아이를 어르고, 틈틈이 한 번이라도 더 꼭 안아 주지. 남편이 나보다 부모로서의 마음가짐을 훨씬 더 잘 준비했던 것 같아. 남편의 헌신과 노력이 아이의 마음에 닿아서인지 하은이는 아빠와 떨어져 있는 주중에도 늘 "아빠, 아빠" 하고 당신을 그리워하며 찾아. 내게 누군가를 사랑하고 품는 법을 가르쳐 주어서 정말 고마워.

우리가 앞으로 하은이와 함께할 시간 동안에 무슨 일들이 일어날지 알 수 없고 항상 기쁨과 행복으로만 가득하리라 장담할 수도 없지만, 그 여정에 두려움보다는 설렘이 앞서는 이유는 내 곁에 다른 누구도 아닌 바로 당신이 있기 때문일 거야. 우리를 한 쌍의 짝으로 맺어 주시고 하은이를 우리의 딸로 허락하신 하나님께 늘 감사하며, 그리고 그분께 서로의 배우자로서 그리고 부모로서 갖춰야 할 지혜를 끊임없이 구하면서 서두르지 말고 함께 한 걸음씩 나아가자. 그리고 먼 훗날 우리가 백발의 부부가 되어 살아온 세월을 돌아보았을 때 우리가 아낌없이 서로를, 그리고 하은이를 사랑했노라고 회상할 수 있다면 더 바랄 게 없을 것 같아.

함께 공유하지 못한 시간 속에서 때로는 힘들고 외로웠을 당신이 안타까울 만큼, 그리고 함께할 우리의 미래가 가슴 벅차게 기대될 만큼 사랑해.

당신이 함께 자리하지 못한 어느 늦은 밤의 식탁에서
그리운 당신의 얼굴을 그리며, 사랑하는 아내가.

남편이
아내에게

나의 또 다른 반쪽인 아내에게

 사랑하는 하은엄마. 지난 2년여의 시간 동안 임신, 출산, 육아라는 어려운 일들을 너무도 훌륭하게 해내 주어서 정말 고마워. 서울과 지방이라는 거리감으로 인해 한 발 떨어져 있던 터라 당신의 모든 수고에 대해 공감하지 못했던 적이 많았을 거야. 때로는 무심한 말과 행동이 당신을 서운하게 만들었던 것 같아 미안해. 하지만 당신이 매일매일 하은이를 위해 많이 노력하고 있고, 우리 세 식구를 위해 많은 걸 희생하고 있다는 것을 잊었던 적은

어느 날 엄마가 되었다

없었어. 늘 고맙고 많이 미안했어.

　처음 당신이 엄마가 되어 가는 과정에 대해 글로 써 보고 싶다고 했을 때, 부모님께 드리고 싶은 말씀이 있기 때문일 거라고 조금은 단순하게 생각했었어. 그런데 당신의 글을 다 읽고 난 지금, 그동안 당신이 겪었을 어려움과 고민들이 내게 무겁게 다가와. 특히 하은이가 신생아중환자실에 있던 때처럼 당신이 외롭고 힘들었을 순간에 옆에서 함께 있어 주지 못한 것이 가장 많이 마음에 걸렸어. 코로나19라는 특수한 상황이긴 했지만 당신에게 너무 무거운 부담을 지운 것 같아 지금도 미안하고 마음이 아파. 앞으로는 우리가 늘 서로의 곁에 있을 테니, 함께 여러 문제들을 상의하고 해결해 나갔으면 해.

　내 옆에서 오래도록 함께 걸을 사람이 당신이라는 게 내게는 큰 행운이야. 당신이 나와는 달리 계획적이고 꼼꼼한 성격을 갖고 있을 뿐만 아니라, 작은 일에도 고마움을 표현하는 사람이라서 감사해. 또, 고된 하루를 마무리하고 나란히 누워서 각자에게 있었던 사소한 일들을 부담 없이 나눌 수 있는 사람이어서 감사해. 평일에 하은이와 함께 하느라 많이 지쳐 있을 텐데도 주말에 자가운전으로 지방과 서울을 오가야 하는 남편의 상황을 배려하고 조금 더 쉬라고 이야기해 주는 마음 씀씀이에도 감사해.

사실 어떤 말을 전해야 할까를 두고 많이 고민했는데, 새로운 말들을 더하는 것보다는 당신과 나누었던 말들을 지켜 나가려는 내 다짐에 대해 이야기하고 싶어.

언젠가 당신이 나에게 소원이 뭐냐고 물어봤을 때, 나는 당신이랑 하은이와 건강하게 오래오래 살아가는 것이라고 답했었지. 당신과 하은이를 만나기 전에는 다른 대답을 했을지도 몰라. 우리 세 식구가 오래도록 건강하게 함께할 수 있도록 조금 더 신경 쓰고 노력할게요.

"따뜻한 아빠가 되고 싶다"는 말이 사실 많은 고민을 거쳐서 나온 답은 아니었어. 다만, 하은이가 원할 때 언제든 이야기 나눌 수 있는 그런 아빠가 되고 싶다는 생각을 했었거든. 맹목적인 '딸 바보'가 되기보다는 딸과

원활히 소통할 수 있으면 좋겠는데, 이것도 앞으로 더 많이 노력해야 할 것 같아.

하은이가 세상에 태어난 날 하나님께 감사의 기도를 올리면서 두 가지를 다짐했었어. 아이를 키우면서 큰소리로 윽박지르며 화내거나 체벌하지 않겠다고. 아직은 제한적으로만 의사소통이 가능한 하은이지만 이미 맥락과 눈치로 많은 부분 우리와 의사소통을 하고 있다고 생각해. 그래서 되도록 차근차근 설명하려 하고, 아이가 울고 보챌 때도 최대한 진정시키며 이야기해 보려 노력 중이야. 꽤 오랜 시간 동안 두 가지 다짐을 지킬 수 있다면, 하은이가 자존감 높은 아이로 성장하는 데도 큰 도움이 될 수 있지 않을까 싶어.

일에 대한 생각이 정리가 되지 않아 당신이 많이 불안하고 초조했을 것 같아. 우리가 결혼을 결정하고 당신의 일에 대해 이야기할 때, 내가 늘 했던 대답은 "하고 싶은 일이 있으면 그 일을 하자"였지. 상황 논리가 아닌 당신 마음 속 일에 대한 의지와 선호가 반영된 선택이었으면 좋겠다는 뜻으로 했던 말이었어. 최근에 당신과 이야기를 나눈 바로는 당신 마음속에서 원하는 일을 찾아가고 있는 것 같아. 그 일을 하기까지 걸어가야 할 길이 익숙한 길이든 새로 만들어야 하는 고된 길이든 당신 옆에서 같은 속도로 함께 걸으며 계속 응원할게. 부부는 배우자라는 원석을 다듬어 가며 함께 성장해 나가는 법이니까.

　우리가 결혼 전에 서울숲에 갔을 때 들렀던 가게에서 서로를 아끼고 사랑하는 노부부의 모습이 담긴 엽서를 함께 봤던 적이 있었지. 당신이 그 엽서를 무척 마음에 들어 했고, "나중에 이렇게 늙어 가면 좋겠다"는 말을 했던 기억이 나. 그때 당신이 세상의 화려함보다는 일상과 가족의 소중함을 아는 사람이라는 생각을 했었어. 앞으로 우리 부부와 하은이가 함께할 일상들이 때로는 지치고 힘들기도 하겠지만, 그 순간순간을 후회 없이 보냈으면 좋겠어. 하은이가 어렸을 때 아이의 건강을 걱정하느라 더 많이 사랑해 주지 못했던 걸 지금 아쉬워하는 것 같은 상황이 반복되지 않도록 말이야. 우리 둘이 함께라면 생각하는 것보다 더 많은 일들을 잘 해낼 수 있을 거

야. 걱정하기보다는 우리가 해야 할 일들을 같이 고민해
보자. 앞으로도 변하지 않는 마음으로 당신 곁에서 오래
함께 걸을게. 사랑합니다.

당신을 세상에서 가장 소중하게 생각하는 남편이.

엄마가
딸에게

귀하디귀한 하나님의 은혜, 하은아

　엄마는 이 책을 쓰는 내내 엄마의 글을 한 자 한 자 읽는 너를 수없이 많이 상상했어. 이제 막 "엄마", "아빠", "바나나", "멍멍"을 참새처럼 말하며 통통통 걷는 네가 언제쯤 엄마의 글을 읽고 그 뜻을 이해할 수 있을까. 그 순간이 언제 다가올지 모르지만 생각만 해도 설레고 행복해진단다. 한편으로는 이 책을 하은이에게 보여 주는 게 엄마에게 큰 용기가 필요한 일일 것 같기도 해. 엄마가 되어 가는 과정 중에 있는 내가 얼마나 실수투성이이고 서툰지 여실히 담겨 있으니 말이야.

하은이가 없었더라면 엄마는 이 책에 담긴 모든 감정을 느낄 수 없었겠지. 그것이 기쁨이든 슬픔이든, 찬란함이든 초라함이든, 네가 존재함으로 인해 엄마의 생각과 마음, 그리고 주변 관계가 더욱 깊어지고 엄마의 삶이 다채롭고 풍요로워져서 네게 고맙다는 말을 하고 싶다. 그리고 너를 내 딸로 허락하신 하나님께 감사해. 한 가지 분명히 말하고 싶은 건, 엄마가 겪었던 마음의 복잡함과 어려움은 너의 잘못이 아니라 내가 엄마가 되어 가는 과정에서 경험했던 시행착오였다는 거야. 그러니 이 책을 읽고 혹시라도 네 마음 한편에 짐이 생기는 일은 없었으면 해.

네가 이 책을 읽을 즈음에도 나는 아마 많이 부족한 엄마일 거야. 혹시나 하는 마음에 너를 자꾸 다그치고, 최선을 다해 부드럽게 말한다고 해도 네게 잔소리로밖에 들리지 않는 이런저런 참견도 많이 할 거야. 우리는 많이 부딪치고 또 화해하면서, 때로는 멀어졌다가 또 가까워질 거야. 그때마다 네게 엄마의 마음을 깊이 헤아려 달라는 이야기는 차마 못 하겠지만, 엄마가 너와 함께 한층 더 성숙해지고 있다고 생각해 주면 정말 고마울 것 같다. 내가 늘 너를 기다리듯, 너도 나를 조금만 기다려 주면 좋겠어.

먼 훗날 네가 결혼을 하고 아기를 낳게 될지는 엄마가 알지 못하지만 만약에 그렇게 된다면 엄마처럼 실수하고 방황해도 괜찮다고 말하고 싶다. 네가 육아에 지친 나머지 사는 게 버겁고 힘들어지면 지금의 어린 너를 안듯이 너를 꼭 안고 엄마가 되기 위해 부단히 노력하는 너의 모습이 정말 대견하고 멋지다고 말해 줄게. 너의 헝클어진 머리와 옷, 화장기 없는 맨얼굴과 점점 변해 가는 네 외모가 낯설어질 때면 누가 뭐라 해도 그 어느 때보다 빛나고 예쁘다고 말할 거야. 그리고 너의 꿈과 목표에서 멀어지고 아무 의미 없이 시간이 흘러간다고 느껴 멍하니 있을 때면 (네 할머니가 내게 말씀해 주신 것처럼) 세상에서 가장 가치 있는 시간을 보내고 있노라고 조심스럽게 네 옆에서 되새겨 줄게.

사랑하는 딸아, 너는 늘 예쁘고 소중하고 반짝이는 존재라는 걸 잊지 않았으면 한다. 네가 이 세상에 처음 나온 순간부터 이 책을 읽는 순간, 그리고 그 이후의 시간까지도 너는 항상 아름다웠고, 아름답고, 아름다울 거야. 때로 앞이 막막해 살아가는 게 힘들고, 믿었던 관계가 깨어지고, 너의 통제 밖에 있는 그 무엇이 너를 무력하게 하더라도 네가 온 마음을 다해 기댈 수 있는 하나님께서 언제나 네 곁에 계시고, 너를 깊이 사랑하는 엄마와 아빠가 있다는 것을 늘 기억해 주렴. 그리고 그 모든 어려움이 지나간 자리를 되돌아보면 늘 희망이 있었고, 네게 손을 내민 누군가가 있었으며, 소소한 행복의 조각들이 있었음을 깨닫게 될 거야.

엄마가 지금의 너보다 조금 더 컸을 때 할머니가 출근하시고 나면 주인 없는 할머니의 방에서 혼자 자주 놀곤 했어. 할머니는 방에 계시지 않았지만, 할머니의 향기가 묻어 있는 옷가지, 책, 라디오와 화장대는 엄마를 늘 따뜻하게 반겨 주었지. 그 향기를 맡으면 할머니가 엄마 곁에 계신 것 같아서 더는 외롭지 않았어. 할머니에 대한 그리움으로 비워진 마음의 방은 그 특유의 향기로 채워져 포근해지곤 했단다. 어린 내게 그 향기가 위로가 되었듯, 하은이에게 이 책이 엄마가 그리울 때면 손을 뻗어 찾을 수 있는 안식처가 되었으면 좋겠다.

너의 얼굴을 보고 있어도 자꾸만 또 보고 싶은,
너를 사랑하는 엄마가.

나의 특별한 손녀, 하은에게

　하은아, 자연 분만을 할 형편이 못 되는 네 엄마를 수술실로 들여보내고 나는 얼마나 가슴을 졸이며 수술실 밖 복도에 서 있었는지 몰라. 그 복도에는 대기 의자조차 없었어. 아마 코로나19 때문이었을 거야. 두근거리는 가슴을 두 손으로 감싸안고 서 있던 10여 분이 얼마나 길던지.

　그런데 네 얼굴을 처음 보았을 때 네가 너무 예뻐서 그만 목이 메었어. 얼굴에 잔뜩 태지를 뒤집어쓴 채 무엇이

못마땅한지 잔뜩 찌푸린 표정이 얼마나 귀여웠다고. 언뜻 보기에 너는 아빠를 많이 닮았는데 엄마 모습도 있더라. 그것도 정말 고맙고 대견했어. 불과 10분 전에 지옥이었던 마음이 금세 천국으로 바뀌더라. 너에 대해 내 눈에 콩깍지가 씐 건 아마 그때부터였을 거야.

하지만 그 기쁨도 잠시, 네가 우리에게 온 지 몇 시간이나 지났을까? 호흡에 문제가 있어 신생아중환자실로 옮겨지고 넌 보름이나 네 엄마 품에 안기지를 못했단다. 하지만 너는 촌각을 다투는 그 많은 처치들을 정말 잘 견뎌 냈어. 넌 역시 내 손녀야. 할머니도 한 용감 하거든.

네가 드디어 퇴원하여 엄마랑 산후조리원에서 지낸 뒤 마침내 우리 집에 도착한 날, 너는 자그마한 신생아 바구니 카시트에 그보다 더 작은 몸을 누인 채 발그스레한 얼굴로 자고 있었는데 정말, 정말 작았어. 부스러질 듯 연약해 보일 만큼 작은 데다 목도 가누지 못하는 너를 어떻게 안아야 할지 겁이 날 지경이었지. 그렇지만 우리에게는 하나님께서 보내 주신 집사님이 계셨어. 엄마와 할머니를 도와 너를 돌보아 주실 분이었지. 엄청나게 씩씩하고 노련하신 분이란다. 지금도 너를 사랑으로 기르고 계시지.

네 엄마가 회복이 너무 더디어 오랫동안 내가 널 데리고 잤어. 정말 힘들었지만-내가 38년 몸담았던 방송국 일보다 100배쯤 더 힘들었을걸-나는 네가 너무 예뻐서 힘들다고 불평을 한 적은 한 번도 없어. 저질 체력이 한스럽기는 했지.

네 할아버지가 그러셨어. 육아에 지쳐 피곤한 몸으로 코를 골고 자다가도 네가 조금만 들썩이거나 작은 소리를 내면 내가 눈을 번쩍 뜨고 네 침대를 들여다보고 매만지는 것이 무슨 묘기를 보는 것 같으셨대.

네 증조할머니께서 내가 네 엄마를 낳았을 때 손주는 그저 예쁘기만 하다고 하셨었어. 자식들에게 무척 엄하셨던 분이어서 나는 '설마 그러실 리가' 하는 마음으로 대번에 왜냐고 여쭸지. 그랬더니 "자식은 잘 길러야만 하는 책임감이 무겁지만, 손주는 그냥 예뻐하기만 하면 되니까"라고 하셨는데 그 뜻을 널 기르며 비로소 완전히 알겠더라.

넌 웃어도 예쁘고 웃지 않아도, 아니 울어도 예뻐. 그냥 예뻐. 배고프다며 분유를 입에 물릴 때까지 울어대도 예뻤고 이앓이 때문에 새벽 3시에 울어도 밉지 않았어. 정말이야. 네 엄마, 할아버지와 함께 쏟아지는 잠을 쫓으며 어찌할 바를 몰라 발을 동동 구르고 진땀을 흘리면서 널 달래느라 힘들기는 했지만, 신기하게도 네가 밉지 않더라.

네가 점점 자라 머리도 가누고, 누워서 뒤집기도 하고, 배밀이를 하고, 앉아서 놀다가 일어나 소파를 붙들고 걷더니 이제는 온 집 안을 통통통 뛰며 누비고 다니는구나.

하은아, 고마워. 건강하게 잘 자라 줘서. 그리고 무엇보다 네가 우리에게 와 줘서. 너는 밥도 잘 먹고, 잠투정도 거의 안 하고, 떼쓰지도 않고 어른처럼 의젓해. 속도 얼마나 깊은지 몰라. 집사님이 너에게 "사랑해요"라고 해 달라고 하시면 너는 품에 안긴 채 어깨를 톡톡 두드리지. 그리고 아무 말 않고 옆에서 지켜보던 나를 돌아보며 또 내 어깨까지 톡톡 두드려 주거든. 집사님이랑 나랑 너를 보며 "웬만한 어른보다 낫다"라고 한 것이 한두 번이 아니란다.

그뿐만이 아니야. 요즘은 한 번 알려 주면 무엇이든 기억해서 따라 하고 대답해. 아직 간단한 단어만 좀 말할 뿐이지만 우리가 하는 말을 듣고 다 이해하는 눈치야. 넌 정말 영특해.

하지만 하은아, 나는 네가 순하고 착하고 영특해서가 아니라, 너라는 존재가 정말 고맙고 귀하고 사랑스러워. 그걸 어떻게 잘 설명할 수 있을까. 아마 네가 이다음에 사랑하는 사람을 만나 결혼을 하게 되면 이해가 될지도 몰라.

너는 나에게, 그리고 우리 모두에게 그렇게 특별하게 소중한 존재란다. 나는 너를 우리에게 보내 주신 하나님께 감사하며 매일 이렇게 기도를 해.

'하나님, 오늘도 하은이가 잘 먹고, 잘 놀고, 잘 자고, 응가도 잘 하고, 무럭무럭 건강하게, 안전하게 잘 자라게 도와주세요. 그리고 모세처럼, 사무엘처럼, 다윗처럼 하은이를 사랑해 주세요. 하은이는 다니엘처럼 하나님을 사랑하고 에스더처럼 이웃을 사랑하는 하나님의 딸이 되어 하나님의 자랑과 기쁨이 되게 해 주세요'라고.

하은아, 아빠와 엄마, 친가 식구들, 외가 식구들, 집사님, 그리고 너를 위해 기도하는 많은 사람들의 사랑으로 건강하고 지혜롭게 잘 자라라. 무엇보다 하나님의 크신 사랑을 늘 기억하는 어른으로 자라기를 바라는 마음이 간절하다. 그리고 네가 받은 사랑을 이웃에게 나눠 주는 사람이 되기를 바란다. 지금 네가 우리에게 매일 기쁨과 즐거움을 넉넉히 주듯이. 너는 그런 아름다운 어른이 될 거라고 나는 믿어. 사랑하고 또 사랑해, 나의 특별한 손녀 하은아!

하은이를 아주 많이 사랑하는 외할머니가.

어느 날 엄마가 되었다

친할머니가
손녀에게

사랑하는 우리 손녀 하은아!

 할머니는 우리 하은이가 태어나기 전부터 너의 모습을 보았단다. 엄마가 보내 준 초음파 사진 속 너의 모습은 정말 콩알만 했었는데 그래도 이목구비가 뚜렷하고, 귀엽고, 예쁜 너의 모습을 보면서 할머니는 감사의 기도를 드렸지.

 '하나님! 귀한 새 생명을 주심에 감사합니다. 주신 귀한 생명 건강하게 잘 자라게 해 주세요'

할머니는 하은이를 위해 날마다 기도하면서 하은이의 탄생을 마음속에 그리며 행복한 나날을 보냈단다. 또 백화점 옷 가게에서 예쁜 아가 옷을 볼 때마다 우리 하은이의 모습을 그려 보았고, 포근한 아가 이불을 살 때는 하은이가 엄마 품에 안겨 잠든 모습을 상상하며 설레는 기쁨을 감추지 못했단다. 어느덧 우리 손녀 하은이는 이 할머니의 삶의 전부가 되어 버렸고 하은이를 만날 그날을 손꼽아 기다리며 시간을 보내게 되었단다.

우리 하은이는 코로나19가 한창 기승을 부릴 때 태어나서 병원으로 찾아가서 볼 수가 없었기에 할머니는 하은이가 많이 보고 싶었어. 주위의 많은 식구들과 함께 하은이의 탄생을 기뻐하고, 축하하고 또 감사하면서 하은이가 건강하게 잘 자라기만을 하나님께 간절히 기도드렸단다.

그런데 네 아빠를 통해 하은이의 건강이 걱정된다는 소식을 듣고 얼마나 가슴이 아프고, 어린 하은이가 안쓰럽던지… 할머니는 눈물로 하나님께 매달리며 부르짖으며 기도드렸었다.

'여호와 라파의 하나님 아버지! 우리 하은이를 건강하게 해 주세요. 또 깨끗하게 치유해 주세요. 모든 문제를 무너뜨려 주시고, 해결해 주시고, 더 좋은 것으로 채워 주시는 하나님을 믿습니다. 아멘'

2022년 초여름 우리가 처음 만난 그날에는 하은이가 백일을 앞두고 있었기에 백일 축하 모임을 가질 예정이었어. 하지만 코로나19로 인해 가족 전체 모임이 여의치 않아서 할아버지·할머니 집에 셀프로 백일상을 차려 놓고 우리 하은이를 기다리고 있었단다.

우리 하은이가 하얀 모자를 쓰고 흰색 레이스가 달린 원피스와 양말을 신고 바구니 카시트에 앉아서 엄마, 아빠와 함께 현관문을 열고 들어왔는데, 잠든 하은이를 보니 하얀 옷을 입은 천사가 날개를 달고 우리에게로 다가오는 것 같았어. 얼마나 가슴이 벅차고, 감사하고, 행복했는지 이루 말로 다 표현할 수가 없었단다.

우리 하은이는 할머니와 눈을 마주치지는 못했지만 "저 하은이에요, 사랑해요, 할머니!" 하고 미소 지으며 인사하는 것 같았어.

하은이가 잠에서 깨어난 뒤 할아버지, 할머니를 보면서 웃어 주기도 하고, 옹알이도 하고, 얼마나 재롱을 피우는지 너무나 사랑스럽고 귀여운 손녀였단다. 특히, 네 아빠가 백일 기념사진을 찍었는데 우리 하은이는 카메라를 잘 보고, 의자에 앉아서 사진도 잘 찍었고 백일이 채 되지 않았는데도 너무나 똘망똘망하고 얼마나 의젓한지 마치 다 자란 아이 같았어. 할아버지, 할머니 품에도 안겨 잠도 잘 자고 참 자랑스러운 하은이었어.

시간이 흘러 어느 주일날, 하은이가 엄마, 아빠와 함께 이른 아침에 서둘러 예쁘게 단장을 하고 유아차를 타고 할아버지·할머니가 섬기는 교회의 예배당에 왔었단다. 하은이가 태어나서 처음 교회에 온 날이었었지. 성가대실 앞 유아실에서 기다리던 중에 하은이가 옹알이를 하는데 할머니 눈에는 그 모습이 아름다운 찬양을 하는 것

어느 날 엄마가 되었다

처럼 보였어. 얼마나 가슴이 뭉클하고 감사했던지, 눈물
이 왈칵 쏟아질 뻔했었단다. 또 예배당 안에서 찬양이 울
려 퍼질 때는 아빠 품에 안겨서 두리번거리며 그 찬양의
흐름을 따라가는 너무나 멋진 하은이었단다.

　목사님께서 하은이를 위한 축복기도를 해 주셨는데
기도하는 동안 하은이는 눈을 감고 있다가 기도가 끝날
때쯤 눈을 떠서 네 엄마는 실제로 기도를 한 것 같다고
너무나 좋아했단다. 하나님께서도 우리 하은이의 첫 예
배를 기쁘게 받으셨을 거라고 이 할머니는 굳게 믿고 있
단다.

　사랑스러운 우리 손녀 하은아!
　이 글을 쓰기 며칠 전에 여름휴가를 겸하여 엄마, 아
빠와 함께 우리 하은이가 예쁜 신발을 신고 아장아장 걸
어서 할머니 집에 왔었지. 이젠 제법 커서 "하삐", "할미"
하며 불러도 보고, 볼에 뽀뽀도 하고, "사랑해요"도 하고
얼마나 예쁜 하은이었는지…

또, 사촌 오빠와 함께 손잡고 걷기도 하고 재미있게 노는 모습과 아빠와 함께 미끄럼틀을 타기도 하면서 즐거워하는 모습을 보며 우리 하은이가 많이 성장하고 있다는 것에 정말 고마움을 느꼈단다. 우리 하은이의 귀엽고 흐뭇한 모습에 웃음이 넘치고 행복한 하루였어.

이제 시간이 흘러 하은이가 건강하고 예쁘게 잘 커서 이렇게 만나고 보니 하나님께 매달리며 울부짖던 눈물의 기도를 하나님께서 외면하지 않으시고 가장 좋은 것으로 응답해 주심에 더욱 감사함을 느끼게 되는구나.

엄마가 보내 준 동영상을 보니 늦은 밤 아빠와 영상 통화를 한 후에 "아빠, 아빠, 아빠"를 부르며 아빠를 애타게 찾고 있더구나. 이젠 우리 하은이가 아빠도 정확히 알고 부르며 헤어짐도 알고, 보고 싶음, 그리움의 감정까지도 알고 있는 거 같아서 대견하기도 했지만, 왠지 짠한 마음에 코끝이 찡해지기도 했단다.

고맙고 사랑스러운 우리 손녀 하은아!

이제 얼마 있으면 엄마, 아빠와 함께 하은이의 집으로 내려갈 텐데… 할아버지와 할머니는 하은이가 건강하게 잘 자라 주어서 너무 고마워. 부디 예쁘고, 착하고, 건강하고, 씩씩하게 잘 자라렴… 또 엄마, 아빠가 지어 준 이름처럼 항상 하나님 은혜에 감사하며 기도하는 하은이가 되길 바란다. 할머니도 우리 하은이가 항상 건강하고, 행복하기를 기도할게.

언제나 하은이가 보고 싶은 친할머니가.

목사님의
하은이 축복기도

사랑하는 하나님!

하나님께서 귀한 선물 하은이를 주심에 감사를 드립니다. 귀한 생명 하은이를 건강하게 잘 자라게 하시고 처음 예배 당에 나와 함께 예배드리게 하시니 감사를 드립니다. 이 귀한 생명을 하나님께서 놀라운 계획이 있어 이 가정에 선물로 주신 줄 믿사오니, 하나님의 계획을 이루어 드리는 복된 딸이 되게 하여 주시옵소서.

간절히 기도하옵기는 늘 건강하게 하여 주시고 아프지 않게 해 주시고 병들지 않게 해 주시고 사고 만나지 않게 해 주시고 하나님께서 친히 지혜를 갑절로 덧입혀 주셔서 이 땅

에서 탁월한 생명이 되게 해 주시옵소서. 또 하나님을 뜨겁
게 사랑하며 하나님의 마음에 합한 귀한 아이가 되게 해 주
시옵소서.

장차 자라나서 믿음의 큰 그릇, 다음 한 세대 하나님께서
기쁘게 쓰시는 귀한 자녀가 될 줄로 믿습니다. 이 아이가 이
가정의 자랑거리가 되며 우리 교회의 자랑거리가 되며 늘 성
령 충만하여 악한 영이 한순간도 틈타지 못하게 하옵소서.

감사하며 예수님 이름으로 축복하고 기도드립니다. 아멘.

**어느 날
엄마가 되었다**

초판 1쇄 발행 2024. 9. 4.

지은이 하은엄마
펴낸이 김병호
펴낸곳 주식회사 바른북스

편집진행 김재영
디자인 김민지

등록 2019년 4월 3일 제2019-000040호
주소 서울시 성동구 연무장5길 9-16, 301호 (성수동2가, 블루스톤타워)
대표전화 070-7857-9719 | **경영지원** 02-3409-9719 | **팩스** 070-7610-9820

•바른북스는 여러분의 다양한 아이디어와 원고 투고를 설레는 마음으로 기다리고 있습니다.

이메일 barunbooks21@naver.com | **원고투고** barunbooks21@naver.com
홈페이지 www.barunbooks.com | **공식 블로그** blog.naver.com/barunbooks7
공식 포스트 post.naver.com/barunbooks7 | **페이스북** facebook.com/barunbooks7

ⓒ 하은엄마, 2024
ISBN 979-11-7263-101-7 03810

•파본이나 잘못된 책은 구입하신 곳에서 교환해드립니다.
•이 책은 저작권법에 따라 보호를 받는 저작물이므로 무단전재 및 복제를 금지하며,
이 책 내용의 전부 및 일부를 이용하려면 반드시 저작권자와 도서출판 바른북스의 서면동의를 받
아야 합니다.